은밀한 속삭임
CONFIDENZA

은밀한 속삭임

도메니코 스타르노네 지음

나윤덕 옮김

첫 번째 이야기

1

사랑이란, 뭐랄까, 흔히들 하는 말이지만, 막상 내가 그 말을 썼던 적은 드물었던 것 같다. 내가 느끼기에는 아니, 사실상 사랑이란 말이 나한테 도움이 되었던 적은 한 번도 없었다. 물론 나도 사랑을 했다. 사랑했을 뿐만 아니라 이성과 감정을 깡그리 잃어버릴 정도로 사랑했다. 내가 겪었던 사랑은 삶을 고운 가루로 불사르는, 이를테면 섣부른 용암 같은 것이었다. 이해와 동정, 이성과 이성에 기반한 것들, 지리와 역사, 건강과 질병, 부귀와 가난, 원칙과 예외를 죄다 휩쓸어 버리는 분출이었다. 남은 건 뒤틀린 열망과 치유되지 않는 집착뿐이었다.

그녀는 어디에 있을까, 어디에 있지 않을까, 무슨 생각을 할까, 뭘 하고 있을까, 무슨 말을 한 걸까, 그 말의 뜻은 무엇일까, 나한테 뭘 숨기는 걸까, 내가 좋았던 만큼 그녀도 좋았을까, 내가 멀리 떨어져 있는 지금도 잘 지내고 있을까, 아니면 그녀가 곁에 없었을 적에 내 꼴이 말이 아니었듯 나의 부재로 인해 마음 아파하고 있을까. 그녀가 없는 나란 존재는 복잡한 도로 한복판에서 초침이 멈춰버린 시계 같은 꼬락서니다.

아, 반면에 그녀의 목소리는, 아, 그녀가 내 곁에 있다는 건, 살짝 떨어져 누워있다는 건, 그녀를 무너뜨린다는 건...

킬로미터, 미터, 센티미터, 밀리미터를 지워나간다. 난 녹아 들고, 휘젓고, 나 자신이기를 멈춘다. 그렇다. 그녀 안에 머무를 때를 제외하면 난 결코 나다웠던 적이 없었다. 그녀에게 쾌감을 안겨주는 내가 정말이지 자랑스러웠다. 신바람이 나기도 했지만, 의기소침해지고 슬픔에 빠지기도 했다. 그럴 때마다 난 자신을 다시금 일깨우며 일침을 놓곤 했다. 내가 얼마나 그녀를 좋아하는지, 그래, 난 오로지 그녀가 잘 지내길 바랄 뿐이다. 언제나, 무슨 일이 일어날지언정, 그녀를 빼앗길지언정, 다른 사람을 사랑할지언정, 날 부끄럽게 만들지언정, 심지어 그녀를 좋아한다는 사실을 포함해 나의 전부를 탈탈 털어버릴지언정. 진짜 말도 안 되는 생각이지만, 누군가를 더 이상 좋아하지 않으면서 좋아한다는 일 자체를 좋아하게 되는가 하면, 좋아하려고 노력하는 와중에 싫어지게 되기도 하는 것이다.

  나에게 벌어졌던 일에 대해서는 이즈음에서 말을 줄이고자 한다. 고귀한 사랑, 편안한 사랑, 성스러운 사랑, 순결한 사랑, 숭고한 사랑, 그런 덕목들은 짧지 않은 생애를 사는 동안 겪어보지 못했던, 나에게는 정말이지 낯선 것들이다. 그와는 정반대로 난 초조함, 분노, 침체, 상실, 필요성, 절박함, 갈망과 더불어 살아왔다. 대체 언제까지 그따위 고리타분한 근심거리들 때문에 골치를 썩여야 하는 걸까. 어쨌거나 이제는 테레사의 이야기로 넘어가 보기로 하자. 그녀는 늘 다섯 개의 글자들로 이루어진 그 단어[1] 안에 자신을 가두길 거부해 왔다. 오히려 그 말을 앞세워 늘 자신을 정당화해 왔으며, 지금까지도 정당화하고 있다. 너무도, 너무나도 지나칠 정도로.

테레사가 교실의 창가 자리에 앉아 있던 그 시절부터 나는 이미 그녀에게 매력을 느끼고 있었다. 그녀는 내가 가르쳤던 학생 중에 제일 활달한 축에 속했다. 졸업한 지 거의 일 년이 되어갈 무렵, 그녀가 나에게 전화를 걸어왔고, 학교 앞까지 찾아와서 날 기다렸다. 화창한 가을날이었다. 자신의 왁자지껄한 대학 생활에 관해 이야기하던 그녀가 다짜고짜 나에게 입을 맞췄다. 그녀의 입맞춤을 시작으로 우리는 정식으로 사귀는 사이가 되었다. 꼬박 3년 정도에 걸쳐 지속되었던 우리의 관계는 어떤 면에서는 상대방의 존재를 필요로 했지만, 전혀 만족스럽지 않았다. 잊을 만하면 드러나곤 했던 절대적인 소유욕과 긴장감이 욕설과 울음을 거쳐 결국 서로를 물어뜯는 지경까지 다다랐다.

문득 일고여덟 명 정도 되는 지인들끼리 모였던 어느 날 저녁의 일이 떠오른다. 그 자리에 모인 이들 중에는 프랑스 아를 출신으로 로마에 온 지 몇 달 안 된 아가씨가 있었다. 그녀가 어색한 이탈리아어로 내뱉는 말들이 어찌나 매력적이었는지 나는 그녀의 목소리를 계속 듣고만 싶은 심정이었다.

1 amore: 이탈리아어로 사랑을 뜻한다.

다 함께 잡담을 나누던 그 자리에서 테레사는 언제나처럼 여유만만한 분위기와 똑 부러지는 말투로 매우 지적인 척 이야기를 이끌고 있었다. 사실, 난 몇 달 전부터, 시시콜콜한 이야기를 할 때조차 늘 사람들에게 주목받길 원하는 그녀의 태도에 염증을 느끼고 있었다. 그녀가 말하는 중간중간에 내가 빈정거리며 말을 막기라도 하면, 도끼눈을 치켜뜨고 날 째려보며 이렇게 말했다. 미안한데, 내가 말하는 중이잖아. 그런 상황이 거듭되며 더 이상 참을 수 없을 지경에 다다르자, 난 아를에서 온 아가씨에게 한층 호감을 느꼈고, 급기야 그녀에게 잘 보이고 싶다는 생각이 들기까지 했다. 나의 속내를 눈치챈 테레사가 미친 듯이 화를 내며 빵칼을 집어 들고 소리쳤다. 한 번만 더 내 입에서 나오는 말을 잘랐다가는 당신 혀랑 다른 것도 잘라 버릴 거야.

　사람들 앞에서도 마치 둘만 있는 것처럼 구는 건 우리의 전형적인 행동 방식이었다. 이제 와 돌이켜 보니 우린 상대방의 감정에 쉽사리 휘말리는 성격을 지녔던 것 같다. 좋은 감정이든 나쁜 감정이든 가리지 않고 말이다. 그 자리에는 우리가 잘 아는 사람들이 있었고, 아를에서 온 아가씨도 있었지만, 우린 전혀 개의치 않았다. 끊임없이 이어지는 우리의 다툼 그리고 드물게는 애정 표현이 사람들의 시선보다 우위를 차지했다. 우린 서로를 향한 증오의 감정을 최대한 음미하며 즐기는 사람들이었다. 그 반대일 경우도 종종 있긴 했지만 말이다.

　물론 좋은 시절도 없지는 않았다. 그럴 때면 모든 일을 합리적으로 풀어 나갔고, 농담을 주고받기도 했다. 난 그녀가 제발 그만하라고 할 때까지 그녀의 몸을 간질였고, 그녀는 나에게 기나긴 키스를 퍼부었다. 하지만 그리 오래가지는 않았다. 우린 둘 다 동거 생활을 버거워하고 있었고, 결국 서로에게 폭력을 행사할 정도로 진흙탕에 빠져들고야 말았다. 세월이 흐를수록 이상적인 연인상에 가까워지기는 고사하고 점점 더 멀어져만 갔던 것이다. 우린 소위 말하는 볼 장 다 봤다던 그런 연인이었다.

　그날 저녁, 난 아를에서 온 아가씨 덕에 테레사의 본모습을 똑똑이 볼 수 있게 되었다. 비주류적인 학구열로 무장한 그녀는 자신의 엉성한 관점으로 지나치게 주관적인 이야기들을 거르지 않고 마구 쏟아냈다. 자신을 숭배하는 여학생들 앞에서 뻐드렁니에 맹한 눈빛을 하고, 거미 다리 같은 손가락으로 엉망진창 피아노를 연주하는 듯한 추한 꼬락서니였다. 그녀의 그런 모습이 참을 수 없을 만큼 지긋지긋했다. 집으로 돌아온 나는 아무런 설명도 없이 그녀의 머리채를 휘어잡고 욕실 안으로 질질 끌고 들어갔다. 마르세유 비누로 그녀의 온몸을 박박 문질러버리고 싶은 심정이었다. 소리를 지르지는 않았지만, 늘 써 왔던 비꼬는 말투로 그녀에게 말했다. 난 너보다 시야가 넓은 사람이야. 네 맘대로 하는 건 좋은

데 그렇게 지질하게 구는 꼴은 도저히 못 봐주겠어. 그러자 그녀는 발길질을 해대며 나의 손아귀에서 빠져나가려고 발버둥을 쳤다. 내 따귀를 후려갈기고 손톱으로 미친 듯이 내 몸을 할퀴며 소리쳤다. 이제야 본색을 드러내시는군, 창피하지도 않아, 창피한 줄이나 알아.

그때는 그렇게 싸우다가 헤어질 줄로만 알았다. 그따위 일을 겪고도 다시 전처럼 돌아가기란 불가능했다. 그러나 어찌 된 일인지 그때에도 우린 화해라는 목표에 다다랐다. 둘이 꼭 끌어안고서 날이 새도록 아를에서 왔다는, 피아니스트이자 세포학을 가르치는 선생님이었던 그 아가씨를 흉보며 키득키득 웃어댔다. 그렇게 빨리 화해할 수 있었던 건 오로지 두려움 때문이었다. 서로를 잃게 될지도 모른다는 불안감이 우릴 무척이나 두렵게 만들었다. 우린 서로에 대한 의존성을 영원히 지키는 방법으로 두려움에서 벗어나고자 했다.

내 곁으로 바짝 다가온 테레사가 조심스럽게 한 가지 제안을 했다. 내가 아무한테도 말하지 않고 혼자만 간직하고 있는 끔찍한 비밀을 당신한테 알려줄 테니까, 당신도 나한테 그렇게 해. 들통났다가는 영원히 매장될 만한 비밀. 그녀가 날 쳐다보며 놀이에 초대하는 듯한 미소를 지어 보였다. 하지만 내 눈에는 그녀의 깊은 곳에 자리한 긴장감이 빤히 보였다. 순간 걱정이 날 덮쳤다. 스물셋 밖에 안 된 그녀에게 그토록 심각한 비밀이 있다니. 난 서른셋이었고, 생각

만 해도 얼굴을 들 수 없는, 너무도 수치스러운 이야기가 있
긴 했다. 폭풍이 지나가길 기다리며 난 발끝으로 시선을 돌
렸다. 누가 먼저 고백할 것인지 서로 떠넘기며 우린 이야기
를 빙빙 돌렸다.

"당신 먼저,"

애정을 과시하듯 거만하고 야릇한 말투로 그녀가 말했다.

"아니, 네가 먼저 해. 그래야 네 비밀이 내 비밀만큼 값어치
가 있는지 알 수 있지."

"난 당신을 믿는데 당신은 날 못 믿는 거야?"

"난 내 비밀이 뭔지 알아. 너도 나 정도의 비밀이 있을지
는 모르겠어."

밀당을 계속하던 그녀는 결국 성질을 부리며 나의 제안을
받아들였다. 사실 내 생각은 그랬다. 설마하니 그녀가 그렇
게 어마어마한 행동은 하지 못했으리라. 그녀가 비밀을 털어
놓는 동안 난 한 번도 끼어들지 않았다. 이야기를 다 듣고 나
서는 무슨 말을 해야 할지 알 수 없었다.

"어때?"

"나빠."

"난 이야기했으니까, 이제 당신 차례야. 만약 시시한 이야
기면 나가 버릴 거야. 다시는 날 못 볼 줄 알아."

처음에는 대충 둘러댔다가 차츰 세세하게 나의 비밀을 털
어놓았다. 멈추고 싶지 않았다. 결국 그녀가 그만하라고 할

때까지. 내가 깊은 한숨을 내뱉으며 말했다.

"이제 넌 아무도 몰랐던 내 이야기를 아는 거야."

"당신도 나에 대해서 마찬가지야."

"우린 절대 헤어져선 안 돼. 서로의 손아귀 안에 있는 거잖아. 진짜로."

"그러네."

"기쁘지 않아?"

"그래."

"네 생각이었잖아."

"그렇지."

"네가 좋아."

"나도."

"난 많이."

"난 아주 아주 많이."

그로부터 며칠 뒤에 우리는 다투지 않았음에도, 우리의 관계가 진작에 끝났다는 사실에 대해 합의를 보았다. 그렇게 우린 낯설기만 했던 점잖은 태도로 서로에게 안녕을 고했다.

2

처음에는 정말이지 홀가분했다. 내가 아는 테레사는 매사에 삐딱하고 사사건건 시비 걸기를 좋아하는 소녀였다. 나의 한

마디 한마디를 받아쳤고, 내가 약점을 드러내기라도 하면 가학적인 말로 응수하곤 했다. 비단 나만 걸고넘어진 게 아니었다. 모든 사람에게 마찬가지로 굴었다. 가게 주인, 우체국 직원, 소방관, 경찰, 이웃 사람들, 내가 아끼는 친구들한테까지 그랬다. 사소한 일로도 사람들과 부딪히기 일쑤였다. 우스갯소리처럼 시작된 언쟁이 분노로 이어졌고 결국 막말과 욕설이 난무하는 싸움으로 번지곤 했다. 그런 일이 적어도 몇 번은 있었고, 그때마다 난 상대방이 소녀에 불과하다는 사실을 잊은 채 덤벼드는 못난 사람들을 상대해야만 했다.

아무런 결론 없이 그저 방황하는 시간이 흘러갔다. 홀가분하다는 심정이 차차 누그러지며 그녀의 부재가 느껴지기 시작했다. 우리가 함께 지냈던, 그녀가 꾸몄던 원룸의 공간, 길을 걸을 때나 영화관에서, 어딜 가나 내 곁에 있었던 그녀의 자리는 이제 텅 빈 회색빛이었다. 세상 괴로운 일이었다. 한번은 친구 하나가 나에게 이런 말을 한 적이 있었다. 한 여자와 사랑에 빠진다는 건 모든 면에서 우릴 능가하는 쌩쌩한 일이야. 그 친구의 말이 백번 옳았다. 나 또한 그리 기가 약한 축은 아니었지만, 테레사가 한번 범람하기 시작하면 그 어떤 둑으로도 막을 수 없었다. 그녀는 매사에 지나치리만큼 활기가 넘쳐났다. 좋았던 시절이 떠오를 때마다 향수에 사로잡혔고, 이따금 그녀가 다시 보고 싶어지기도 했다. 그녀에게 전화 한 통 한다고 해서 나쁠 건 없잖아, 자신을 거의 설득했을 무렵, 내 눈앞에 나디아가 나타났다.

　나디아에 대해서는 길게 말하고 싶지 않다. 좋은 아침이라는 인사말조차 겨우 할 정도로 수줍음을 많이 타긴 했지만, 정말이지 예의 바른, 한 마디로 테레사와는 정반대였다. 그녀를 알게 된 건 학교에서였다. 대학에서 수학을 전공한 그녀는 학업에 대한 열정으로 똘똘 뭉친, 이제 막 학교에 부임한 신임 교사였다. 처음부터 그녀가 나의 눈길을 끌었던 건 아니었다. 사실 그녀는 모든 면에서 내가 이상형이라 여겼던 유형과는 거리가 멀었다. 테레사를 만나기 전부터 시작해서 그녀와 함께 지냈던 시절, 그리고 이후로도 내가 탐닉했던 정치적, 문학적, 그리고 에로틱한 면에 있어서 대담무쌍한 유형과는 전혀 거리가 멀었다. 그럼에도 나는 뭐라 꼬집어 말할 수 없는 그녀의 무언가에—얼굴을 붉히면서도 상대방을 끝내 내치지 않는 그녀의 성향 때문이었을까—시간이 갈수록 점점 더 끌리게 되었고, 결국에는 그녀의 주위를 맴돌게 되었다. 아마도 내가 그녀의 삶을 지배해 온 모든 한계를 뛰어넘는 법을 가르쳐 주고, 수줍음에서 벗어나도록 하는 역할을 맡을 수 있을 것이라 여겼던 것 같다. 말이나 행동거지에 있어서 말이다. 테레사에게는 무엇 하나 가르쳐 줄 게 없었다. 나보다 열 살이나 어렸고, 내가 가르쳤고 아직도 가르치고 있는 고등학교의 학생이었지만 말이다. 종종 그런 생각이 들 때마다 난 씁쓸한 심정에 사로잡히곤 했다. 그녀는 태어날 때부터 이미 모든 걸 다 아는 듯했다. 반면에 나디아는 아주 작은 지름의 동그라미 안에 갇혀서 절대 벗어나는 법이 없었다.

처음에는 예의 바른 문장으로 시작했고, 다음으로는 농담 조로 말을 건넸으며, 나중에는 쉬는 시간에 커피 한잔을 하러 가자고 했다. 커피 한 잔이 두 잔이 되었고, 그러다 보니 어느새 습관으로 자리 잡았다. 오히려 그녀가 나보다 더 그 시간을 기다리는 것 같았다. 어느 날, 그녀가 수업을 마칠 때까지 몇 시간을 기다린 나는 학교에서 가까운 식당으로 점심을 먹으러 가자고 했다. 그녀는 선약이 있어서 안 된다고 하면서 그 참에 약혼자가 있는데 가을에 결혼하기로 했다는 말도 덧붙였다. 나 또한 그녀에게 한 여자를 사랑했고, 평생을 함께 하고 싶었지만, 잘되지 않았노라고 말했다. 그녀와 헤어진 아픔을 겪고 있노라고. 그녀는 나의 아픔에 지대한 관심을 표했고, 나는 그렇게 일주일이 지나도록 그녀에게 접근하지 않았다. 일주일이 지난 뒤에 다시 그녀에게 점심을 먹자고 하자, 이번에는 그녀가 승낙했다. 점심을 먹는 내내 그녀는 내가 무슨 말을 하든지 웃기만 했던 기억이 난다. 정신 나간 사람처럼 밝은 모습이었다. 메인 요리가 나오길 기다리는 동안 내가 테이블 위에 손을 올렸다. 그녀의 손에서 불과 몇 밀리미터 떨어진 지점이었다.

"손바닥에 입 맞춰도 돼?"

새하얀 테이블보 위에 와인이 가득 담긴 잔이 놓여 있었고, 바로 옆에 그녀의 새끼손가락이 보였다. 나의 새끼손가락으로 그녀의 새끼손가락을 쓰다듬으며 말했다.

"왜 그래, 무슨 소리야."

그녀가 갑자기 손을 거두는 바람에 와인잔이 엎질러질 뻔했다. 내가 재빨리 잡아챘으니 다행이었다. 내가 대답했다.

"왜냐하면 그런 욕망이 날 찾아왔으니까."

"말도 안 돼. 그런 건 속으로만 생각해. 욕망을 전부 다 입으로 말하진 않아."

"말도 안 되는 것 중에는 아름다운 것들도 많아. 말이든 행동이든."

"말도 안 되는 건 그냥 말도 안 되는 거야."

단호하지만, 부드러운 말투의 문장이었다. 그녀는 싫은 소리를 하면서도 친절함을 잃지 않았다. 점심을 먹은 후에 그녀가 버스를 타고 집에 가겠다고 했고, 내가 르노 4 자동차로 데려다주겠노라고 했다. 그녀가 그러자고 했다. 차 안에서 그녀와 가까운 거리에 앉게 되자, 나는 대놓고 그녀의 손을 쓰다듬었다. 이번에는 그녀도 가만히 있었다. 아마도 깜짝 놀라서 그랬으리라. 그녀의 손목을 잡아끌고 손을 뒤집어 손바닥을 나의 입술에 갖다 댔다. 입을 맞추는 대신 혓바닥으로 그녀의 손바닥을 핥았다. 분명 더럽다고 하겠지 생각하며 그녀의 얼굴을 바라보니, 놀랍게도 그녀는 입가에 옅은 미소를 띠고 있었다.

"장난친 거야."

갑자기 벌어진 일을 무마하려는 변명이었다.

"알아."

"좋았어?"

"응."

"당신한테는 말도 안 되는 일이겠지."

"응."

"그래서?"

"또 해 줘."

다시금 그녀의 손바닥을 핥고 그 참에 입을 맞추려고 했지만, 그녀가 날 밀쳐냈다. 작은 소리로, 못하겠다고, 약혼자한테 죄책감이 든다고 말했다. 둘은 6년 전부터 함께 해온 사이였다. 그녀가 그 사람에 대해 대략 이야기를 들려주었다. 소년 시절에는 농구 유망주였지만, 운동보다 공부를 더 좋아했고, 젊은 화학자가 된 지금은 좋은 회사에 취직해 높은 연봉을 받고 있다고 말했다. 그녀가 들려준 마지막 정보에 난 기분이 상했다. 마치 자신의 약혼자와 고작 고등학교 국어 선생인 나 사이에 얼마나 큰 차이가 있는지 강조하려는 듯했다. 그러니 나에게는 그녀의 머리에 헛소리를 채워 넣고, 나쁜 길로 끌고 갈 권리가 없었다. 어쨌든 난 그녀와 키스하고 싶다며 고집을 부렸다. 얼굴을 바짝 갖다 대고 애원했다.

"키스 한 번이 어때서?"

"한 번이라도 키스는 키스야."

"입술에 혀만 살짝 갖다 대면 되잖아."

"안 돼."

"그럼 이렇게 하자, 입술만 살짝만 스치는 걸로."

"날 좀 내버려 둬."

"애정을 나누는 게 뭐가 나빠?"

"카를로한테 상처를 주는 게 나빠."

카를로는 그녀가 수년 동안 사랑해 온 명석한 화학자였다. 그녀는 단 한 번도 그를 배신한 적이 없었으며, 나 때문에 그와의 좋은 관계를 깨고 싶지 않다고 했다. 내가 반박했다.

"고작 키스 한 번으로 상처받을까 봐? 그 사람이 당신 입술의 소유주라도 돼?"

"소유가 아니라 부끄러움의 문제야. 만일 당신한테 약혼녀가 있다면 당신을 부끄럽게 여기지 않겠어?"

"그런 약혼녀랑은 당장 헤어지고 말지. 부끄럽다니, 말이나 돼?"

잠시 생각에 잠겼던 그녀가 나에게 속삭였다.

"키스는 성관계의 축소판이야."

"그럼, 우리가 키스하면 성관계를 하는 거야?"

"상징적으로는 그렇다고 봐야지."

"너무 심한데. 어쨌든 상징적인 성관계는 아무한테도 피해

를 주지 않아. 카를로가 그렇게 나약한 사람이라면, 아무 말
도 안 하면 되잖아."

"지금 나한테 그 사람을 속이라는 거야?"

"거짓말은 인류의 구원자라나 뭐라나."

"난 거짓말 같은 건 안 해."

"그럼, 그 사람한테 내가 당신 손바닥을 혀로 핥았다고 말
하던가."

"왜?"

"왜냐고? 처음에는 아니었는데, 내가 지금 막 상징적인 의
도를 부여했거든."

그녀가 눈을 동그랗게 뜨고 날 쳐다보았다. 그녀가 느슨해
진 틈을 타서 난 그녀의 입술에 살짝 입을 맞췄다. 그녀가 거
부하지 않자, 내 입술로 그녀의 아랫입술을 물고 가만히 있
다가 혀끝을 그녀의 입술 안으로 밀어 넣었다. 간략한 조사
를 마친 뒤에 그녀의 반응을 살피며 바로 후퇴할 작정이었
다. 순간, 나디아가 나의 입 속에 자신의 혀를 세차게 밀어
넣었다. 그녀의 혀는 활기찼고 매끈하면서도 뜨뜻했다. 그녀
가 팔로 나의 목을 감싸자, 두 입술이 끈끈하게 달라붙었다.
우리의 혀는 서로의 입속 구석구석을 갈망하며 뒤척이고 있
었다. 그녀가 나에게서 떨어졌을 때—날아오는 주먹을 피하
려는 듯 머리를 뒤로 확 제쳤다—내 눈에 보이는 그녀는 다
른 사람이 되어 있었다. 얼굴의 윤곽선은 한결 부드러워졌

고, 눈빛은 이글이글 타오르고 있었다. 이제 막 잠에서 깨어나 자신을 굴복시킨 나쁜 행실에서 벗어나려고 애쓰고 있는 듯했다. 또다시 그녀를 내 곁으로 이끌어 보려 했지만, 허락하지 않았다. 그녀에게 말했다. 한 번만 더, 제발, 그녀는 원치 않았다. 차에 시동을 걸고 그녀를 집까지 데려다주었다.

3

그녀와 키스를 나눈 지 10분도 안 돼서, 난 그녀가 그리워졌다. 그런 나 자신이 정말이지 놀라울 따름이었다. 농담처럼 시작된 우리의 관계는 차츰 현실이 되어가고 있었다. 이제 난 하루도 빠짐없이 그녀에게 점심을 먹자고, 영화를 보자고, 저녁을 먹자고 말했다. 그럴 때마다 그녀는 예의 바르게 나의 제안을 거절했다. 그러던 어느 날 아침, 아무도 없는 복도에서 내가 그녀의 앞을 막아섰다. 복도에 서서 수업을 마치고 나오는 그녀를 기다렸다가 이렇게 말했다.

"당신을 좋아해."

"나도."

"근데 왜 도망쳐?"

"당신이 날 못된 사람으로 만드니까."

못됐다는 건—나의 해명에 따르면—그녀가 카를로를 사랑한다는 사실로부터 비롯된 것이리라. 그렇다면 그를 사랑한다면서 날 좋아하고 내 마음을 헤집어 놓은 건 착한 사람이 할 짓이란 말인가. 오랜 시간 고통스럽게 중얼거리며 해명을 거듭한 결과, 난 내가 단지 그녀를 좋아하는 게 아니라 사랑하고 있다는 사실을 재차 확인할 수 있었다. 결국 그녀는 내가 아는 근사한 식당에서 저녁 식사를 하자는 나의 끈질긴 제의를 승낙했다.

비 내리는 추운 겨울날이었다. 식당에 거의 다다랐을 무렵, 컴컴한 골목 쪽으로 차를 돌려 시동을 껐다. 그녀가 가녀린 말투로 다시 시동을 걸라고 했지만, 난 그녀를 끌어안으려 했다. 그녀가 날 밀어내고 웃으며 속삭였다. 일 분만 가만히 있고 싶어. 그러더니 나의 어깨 위에 머리를 기댔다. 나는 운전석에, 그녀는 조수석에 앉아 있었다. 우린 각자의 자리에서 과연 욕망이 현실로 이루어질 것인지 가만히 지켜보고 있었다. 잠시 후에 서로의 입술이 닿기가 무섭게 기나긴 키스로 이어졌다. 놀랍게도 난 그녀를 진짜 사랑하고 있었고, 그녀와의 키스를 멈추고 싶지 않았다.

불과 얼마 전까지만 해도 난 테레사를 사랑한다고 여겼었다. 그녀는 큰 키에 비하면 마른 편이었지만, 어쨌든 어깨, 엉덩이, 가슴까지 모든 게 컸다. 관습을 경멸했고, 늘 자기주장이 강했다. 자신을 괴롭히는 사람뿐만 아니라 누군가 다른 사람을 괴롭히는 꼴도 못 봐줬다. 섹스는 기분 내킬 때만 돌발적으로 하는 것이었고, 그보다 더 중요한 것들이 있다고 믿었다. 그리고 이제 난 나디아를 사랑하게 되었다. 그녀는 체구가 작고, 야무지고, 타인의 기분을 배려할 줄 알았다. 섹스에 대해서는—어느덧 명백한 사실이었다—내가 그녀의 손을 잡기만 해도, 아니, 손가락만 스쳐도 전혀 다른 존재로 변모할 만큼 의미심장하고, 복합적이고, 연쇄적인 반응으로 이어졌다. 진정해, 다시 생각해 봐, 하루아침에 이상형이 바뀐다는 게 말이나 돼. 나 자신에게 말해 보았지만, 쓸데없는 일이었다. 나디아가 테레사와 그토록 다르다는 사실에 감동이 밀려왔다. 그녀는 마치 어린아이 같았다. 벌을 받을까 봐 초조해하는 어린아이. 정말이지 이전에 한 번도 해 보지 못했던 달콤한 키스였다. 키스가 끝나지 않기만을 바랐던 나는 입술로 그녀를 갈구하며 손으로는 두툼한 패딩 코트 아래 그녀의 몸을 더듬었다. 어느 순간, 그녀가 입술 사이로 숨결을 불어 넣으며 말했다. 저녁 먹으러 가자, 감정이 복받쳐 오른 내가 거친 소리로 대답했다. 그래, 가자.

우린 오솔길 끝자락에 있는 식당을 향해 갔다. 날씨가 점점 추워지고 있었다. 한 팔로 그녀를 꼭 끌어안고 불빛이 휘황찬란한 식당의 입구에 도착했다. 그녀에게 농담조로 말을 건넸지만, 더 이상 농담이 아니기만을 간절히 바랐다.

"나 진짜로 흥분했어."

"거슬려?"

"아니, 기분 좋아, 자꾸 그 생각만 나. 당신은 안 그래?"

"무슨 뜻이야?"

"쏠리냐고, 내 말뜻 알잖아."

"대답 안 해도 되지?"

"귓속말로 해 봐."

"아무 말도 안 할 거야."

"제발."

난 몸을 숙이고 귀를 그녀의 입술에 갖다 댔다. 그녀가 내 귓바퀴에 혀를 쏙 집어넣었다. 순간 난 움찔하며 집게손가락으로 귓속에 물기를 닦았다. 그녀가 눈을 반짝이며 귓속말로 속삭였다.

"좋아?"

우리는 차로 돌아가 문을 잠갔고, 식당으로 다시 돌아가지 않았다. 다음 날, 학교에서 마주친 그녀는 약혼자에게 모든 걸 털어놓았노라고 했다. 속이는 건 불가능했다고.

"전부 다?"

"전부 다."

그녀에게 나와 결혼하지 않겠느냐고 물었다.

4

결혼식을 치르기 일주일 전에 우연히 테레사를 만났다. 학교 수업을 마친 난 학생 셋과 수다를 떨며 차를 세워 둔 쪽으로 걸어가고 있던 참이었다. 반대편 차선에서 베스파 오토바이를 타고 오던 그녀가 날 보더니 속도를 늦추며 소리쳤다. 피에트로, 나쁜 자식, 아직 살아있네. 난 그 자리에 멈춰 서서 뒤를 돌아보며 피에트로, 나쁜 자식, 아직 살아있네. 라고 소리치는 여자가 누구인지 두리번거렸다. 아마도 그녀가 온몸을 꽁꽁 싸매고 있었기 때문이었을 것이다. 나한테 그러는 건지 아니면 다른 사람한테 하는 말인지 알 수 없었다. 학생들에게 잘 가라고 인사를 하고, 길을 건너 그녀가 있는 쪽으로 갔다. 그녀가 예전처럼 빈정거리는 투로 서운하다는 듯이 말했다. 날 영원히 사랑할 거라고 수도 없이 그러더니, 벌써 잊은 거야. 난 그녀가 후드를 뒤집어쓰고, 목도리를 두르고, 코트를 입어서 그랬노라고 변명했다. 일상적인 대화만 나누고 빨리 헤어질 참이었다. 하지만 테레사는 아란치니를 맛있게 하는 새로 생긴 식당이 있다며 그녀 특유의 명령조로 외쳤다. 타, 오 분 거리야, 먹고 나서 차까지 데려다줄게.

그녀의 말에 복종한 게 잘못이었다. 불과 몇 분도 지나지 않아서 우리의 육체는 예전의 친밀함을 되찾았다. 후드 사이로 삐져나온 머리카락의 향기, 바람을 타고 멀어져가는 그녀의 목소리가 내 귓가에 들려왔다. 엉덩이 잡지 마, 바보야, 그러다 둘 다 떨어져. 난 늘 그녀의 베스파 뒷자리에 타는 걸 좋아했다. 우리가 사귄 지 얼마 안 되었을 적에는 그녀가 날 베스파에 태우고 어디든 누비고 다녔다. 다리 사이

로 그녀의 몸을 느낄 수 있어서 참 좋았다. 싸우지 않았을 때
는 베스파 뒤에 앉아서 종종 그녀의 목에 입을 맞추거나 등
에 머리를 기대기도 했다. 그녀는 내가 찰싹 달라붙을 수 있
도록 안장 위에서 모양새를 고쳐가며 앉곤 했다. 어쨌든 그
녀를 다시 만나자, 감상적인 기분에 젖어 들었다. 사랑은 끝
났지만, 우정만은 기적적으로 남아 있었다. 육체적으로 가까
운 사이라는 이유만으로 선을 넘는 은밀한 면까지 공유하려
했던 예전의 우정과는 사뭇 달랐다. 그녀의 몸에 가까이 기
댄 내가 이탈리아 학교의 현실을 주제로 쓴 짧은 수필에 관
해 이야기했다. 별 건 아니고 진짜 짧은 글이야. 너랑 헤어지
고 나서 뭔가 집중할 게 필요했어. 제법 긴 시간 동안 나의 말
을 들어준 그녀가 우습다는 듯이 말했다. 뭐야, 짧다며, 별거
아니라며. 다음으로 그녀에게 이 주 전에 갑자기 세상을 떠
난 어머니에 대해 이야기했다. 이번에는 간략하고 건조하게
말했고, 그녀가 나에게 아주 긴 위로의 말을 해 주었다. 마지
막으로 그녀에게 결혼을 앞두고 있다는 말과 나디아에 대한
이야기를 했다.

　그녀도 잘 지내고 있는 듯했다. 위스콘신 대학에서 장학금
을 받아서 얼마 뒤에 미국으로 떠난다고 했다. 새로 만난 애
인을 비웃는 말도 했다. 수의과 대학생이었던 애인이 그녀에
게 이렇게 물었노라고 했다. 나야, 미국이야? 그녀는 한 치의
망설임도 없이 미국이라고 답했다. 나의 결혼 소식을 듣자,

그녀는 기뻐하며 말했다. 복이 터졌네. 당신이 얼마나 위험한 사람인지 모르는 멍청한 여자를 찾아내다니. 그녀의 마지막 말에 난 잠시 움찔했지만, 티를 내지는 않았다. 아니, 오히려 웃으며 말했다. 감쪽같이 숨기는 법을 배웠거든. 농담이긴 했지만, 어쨌거나 그녀는 눈치챈 것 같았고 내 기분을 풀어주고 싶어 했다. 전에 없던 일이었다.

"그래도 당신한테는 잘난 면도 많아. 열심히 해서 뜨기만 하면 나디아도 당신 덕을 보게 될 거야."

그렇게 조금 더 대화를 나누다가 그녀가 날 차가 있는 곳까지 데려다줬다. 교통 체증이 심해서 차들 사이를 요리조리 비집고 가야만 했다. 자동차와 버스들 사이를 아슬아슬하게 빠져나갈 때마다 난 그녀의 허벅지 뒤에서 안도의 한숨을 내쉬었다. 어느 순간, 난 그녀의 등에 뺨을 기대고 있었다. 어머니가 돌아가시기 전날 저녁에 깜빡 잠이 들었던 때가 생각났다.

"만나서 반가웠어."

차가 있는 곳까지 와서 헤어지며 그녀에게 말했다.

"나도."

"미국에서 재밌게 지내."

"당신이나 나디아한테 잘해. 나한테 그랬던 것처럼 괴롭히지 말고."

"뭔 소리야, 널 정말 사랑했어."

"더 잘할 수도 있었지."

"아님, 더 못할 수도."

"그렇긴 하지. 그 불쌍한 여자를 망쳐놓지 말라는 것만 잘 기억해. 난 당신을 망치는 게 뭔지 잘 아니까."

그녀가 명랑한 투로 말했다. 잠시, 아니, 그보다 좀 더 오래, 바늘 하나가 나의 위장에 박혔다가 빠져나가는 기분이 들었다. 나 또한 그녀 못지않게 명랑한 투로 대답했다.

"나도 널 잘 알아. 그러니까 똑바로 살아."

그녀와 나는 서로의 뺨에 입을 맞추려다가 살짝 입을 맞췄다. 그녀가 웃으며 말했다.

"어이, 조심하는 게 좋을걸."

5

그녀와의 만남은 총각 신분으로 마지막 날들을 보내는 동안 날 혼란스럽게 만들었다. 사실, 그전까지는 내 삶의 한 시기가 끝나가고 있다는 것조차 깨닫지 못하고 있었다. 얼마 뒤면 난 더 이상 자유롭지 않은 신랑이자, 남편이 될 것이다. 날 괴롭히고 아프게 했던 그 사람과 인생에서 가장 열정적이었던 시절을 보냈던 것에 비하면, 지금 날 사랑하는 사람은 나에게 기쁨만을 안겨주고 있었다. 내가 지나친 건지 모르겠지만, 약간 죄책감이 들기도 했다. 아직도 내 마음속 어딘가에는 테레사에 대한 열망 비슷한 게 남아 있기 때문이었다. 그렇다고 에로틱한 욕망 같은 건 아니었다. 그녀를 떠올릴 때면 어린 시절 한때 내가 집착했던 어떤 일이 새록새록 떠오르곤 했다.

일곱 살인가 여덟 살 때 나는 종종 창문에 올라가곤 했다. 당시 우리 가족은 3층에 살았고, 집 앞으로는 들판이 펼쳐져 있었다. 풀, 과일나무들, 새들, 개들, 고양이들, 닭들. 나는 화장실 안에 들어가 창턱 끄트머리에서 몸을 내밀었다. 정말이지 마음을 굳게 먹었을 적에는 창턱 위에 올라가 쪼그리고 앉았던 적도 있었다. 위로는 파란색 또는 회색 하늘에 흰 구름이 바람에 흩날리는 모습이, 아래로는 밭으로 이어지는 오솔길에 한 줄로 나 있는 아스팔트가 보였다. 어느 모로나 난 우울한 아이였다. 아니, 확실히 우울한 아이였지만, 죽음에 대해 그다지 깊이 생각해 본 적은 없었다. 오히려 무지할 정도였다. 아래로 뛰어내린다 해도 다치지 않을 거라고, 뼈 하나 부러지지 않고 정말이지 재미있을 거라 여겼다. 어쨌든, 수도 없이 많이 뛰어내릴 자세를 취했음에도, 난 뛰어내리지 않았다. 그런 짓을 그만두게 된 이유는 아마도 괴리감 때문이었던 것 같다. 나의 머릿속에는 자신이 불사신이라는 절대적인 확신과 동시에, 누군가 갑자기 화장실 문을 열고 장난으로 창문턱에 앉아 있던 날 밀어버리리라는 절대적인 확신이 있었다. 실제로 그런 마법 같은 일이 벌어져서 내가 밑으로 떨어졌다면, 난 죽고 말았을 것이다. 그와 같은 모순에서 벗어나기란 쉽지 않았고, 그러다 보니 경이로운 도약도 차차 힘을 잃어 갔다. 마치 내가 좋아했던 놀이터 철봉에 매달려 재주넘기를 더 이상 하지 않게 된 것과도 비슷했다. 어느 날, 반 친구가 몰래 다가와 뒤에서 날 세게 밀었고, 난 균형을 잃고 이마를 땅바닥에 부딪히며 철봉에서 떨어졌다.

이유는 알 수 없었지만, 어린 시절의 사소한 이야기와 어른이 되어서 알게 된 테레사와 어떤 관련이 있을 것만 같았다. 호주머니를 뒤적이며 르노 4의 열쇠를 찾다가 베스파를 타고 멀어져 가는 그녀의 모습을 보았을 때부터 난 두 사건의 연관성에 대해 생각하게 되었다. 시간이 흐를수록 테레사는 자취를 감췄지만, 들판, 공백, 창문턱에서의 그 장면은 좀처럼 뇌리에서 지워지지 않고 노래의 후렴구처럼 며칠 내내 날 사로잡았다. 결혼이라는 피난처, 채워지지 않은 빈칸, 어린 시절의 그 기억을 떠올리다가 문득 이런 생각이 들었다. 만일 테레사가 날 골탕 먹이려고 특유의 오지랖으로 나디아한테 연락해서 내 비밀을 불어버리면 어쩌지?

순간 불안이 밀려오기 시작했다. 온종일 그 걱정만 하며 하루를 보냈고 다음 날이 되도록 밤새 잠을 설쳤다. 아침이 되자, 나 자신을 진정시키기 위해 엑스 동거녀에게 전화를 걸었다. 내가 갖고 있던 번호로 전화해 보았지만, 없는 번호였다. 그 시점에서 난 다행히 정신을 차렸다. 테레사와 통화가 되어 이야기를 나눴더라면 나의 근심은 몇 배로 불어났을 것이다. 나도 네 비밀을 밝히겠다고 응수했다면 그 상황을 즐기며 길길이 날뛰었을 그녀의 모습이 눈에 선했다. 방금까지만 해도 당신을 망신당하게 할 생각은 없었는데, 당신 얘기를 들으니까, 확실히 그래야겠단 생각이 들어. 난 될 대로 되라는 심정으로 그냥 결혼식을 치렀다. 나디아는 성당에서 결혼하길 원했고, 난 예식장이 좋았다. 하지만, 그녀를 사랑했기에, 속된 말로, 그녀를 위해서라면 무슨 짓이든 할 수 있었다. 반쯤은 농담으로 예식이 진행되는 동안 테레사가 나타나 소리치지는 않을까 하는 생각이 들었다. 다들 주목해 주세요. 전 이 결혼에 반대합니다. 이 자리에서 공론화해야 할 의무가 있는 사실을 알고 있습니다. 당연히 그런 일은 일어나지 않았다. 나디아와 나는 아무런 문제도 없이, 화기애애한 분위기 속에서 남편과 아내가 되었다.

6

결혼 초반에는 여러 가지로 좋은 일이 많았다. 우린 둘 다 로마 외곽에 있는 같은 고등학교에서 일을 했으며, 몬테사크로 지역 단독주택에서 말도 안 되게 싼 월세를 내고 살았다. 아브루초에 사는 나디아의 친척이 소유한 집이었다. 그녀 집안의 다른 대가족들과 마찬가지로 정확하게는 '프라톨라 펠린

냐'라는 고장 출신이었다. 우린 정성을 다해 집안을 꾸몄고,
사실 우리라고 말하긴 좀 그렇다. 나의 아내가 주로 맡아서
했고, 난 서재로 쓸 썰렁하고 좁은 방안에 책과 사진들, 두툼
한 바인더들을 정리한 게 다였다.

아침이 되면 방마다 햇살이 한가득 들어오는 활기차고 기
분 좋은 집이었다. 정원은 향긋한 내음으로 그득했다. 일 년
내내 기름진 땅이었고, 계절마다 딸기, 버섯, 송진의 향기를
맡을 수 있었다. 발코니에 나가면 1950년대에 지어진 다른
건물과 정원들이 보였는데, 쨍쨍한 날에나 흐린 날에나 거대
한 짐승의 윤곽선처럼 보였다. 어떤 날 아침에는 낙엽들을
싹 쓸어버리고도 꿈쩍하지 않는 안개 위에 새파란 하늘이 얹
혀있는 것 같기도 했다. 그럴 때면 집 근처에서 간선 도로로
빠지려는 차들이 정체를 빚고 있다는 사실이 믿기지 않았다.
모든 게 기적처럼 그대로 멈춰버린 듯했다.

나디아는 나폴리에서 대학에 다녔고, 학위를 받을 때까지
그곳에서 살았다. 나폴리라는 도시에 대해 호감을 지니긴 했
지만, 그리 좋아하지는 않았다. 반면에 그녀는 펠린냐 언덕
의 돌과 나뭇잎을 사랑했고, 어린 시절의 맑은 공기를 자신
의 어머니와 마찬가지로 극찬했다. 그녀의 어머니는 명랑한
초등학교 선생님으로 어린애들한테 쓰는 말투를 어른들한테
도 똑같이 적용하는 분이었다. 우리가 몬테사크로에 살게 된
이유 또한 월세가 저렴하다는 이유도 있었지만, 돌을 비롯해

그녀에게 편안함을 안겨주는 공간이기 때문이었다. 초록으로 둘러싸인 집이 그녀에게 안도감을 불어넣었고 가혹한 도시의 무게를 한층 가볍게 만들어 주었다.

나는—인정할 건 인정하기로 하자—결혼이라는 전원시에 아주 서서히 적응해 나갔다. 이제껏 난 한 번도 전원생활에 열광한 적이 없었다. 총각 시절에는 부활절이나 성탄절 방학, 주말 또는 수업이 없는 날이면 바로 짐을 꾸려서 가족들과 친구들이 있는 어린 시절의 추억을 간직한 고향 나폴리에 내려가곤 했다. 하지만 로마 산 로렌초에 머무는 것도 그리 나쁘진 않았다. 테레사와 함께 지내던 원룸에서 학업, 열불 나는 정치, 지구가 직면한 상황에 관해 토론을 벌이고, 술을 마시고, 포커를 치면서 신나고 격정적인 사랑을 하며 지냈다. 뭐, 그렇다고 몬테사크로가 내 맘에 들지 않았다는 건 아니다. 나름 잘 지내긴 했지만, 자유 시간을 보내는 방법은 나디아와 달랐다. 그녀는 집안에 틀어박혀 공부하거나, 동네의 조용한 거리를 산책하거나, 토르로니아 빌라, 보르게제 빌라, 아다 빌라 같은 도시의 대저택들을 찾아다니는 걸 좋아했다. 차를 타고 어릴 적부터 잘 아는 아브루초 지역 곳곳을 방문하거나, 프라톨라에 사는 친척들과 일요일을 함께 보내는 것도 좋아했다. 무엇보다 아버지와 함께 시간을 보내길 좋아했는데, 그녀의 아버지는 수십 년 동안 과학 선생님이자 교장 선생님으로 지내온 분이었다. 무슨 말을 더 해야 할까. 처음에는 총각 시절의 향수를 느끼곤 했지만, 이내 아내가 즐기는 걸 나도 즐기는 게 좋을 거라는 생각이 들었다. 그렇게 얼마 지나지 않아 난 그녀와 같은 방법으로 시간을 보내게 되었다.

그랬다, 나의 내적인 불만을 눈치챈 나디아는 내가 예전 지인들과 전화 통화를 할 때마다 이렇게 말하곤 했다. 어서 가봐, 당신이랑 친한 사람들이잖아, 당신이 그 사람들이랑 저녁 시간을 보냈으면 좋겠어, 아님, 차라리 우리 집에 초대하든가, 나도 그 사람들이 누군지 알고 싶어, 집도 넓은 데 파티를 하면 되지. 하지만 난 이렇게 대답했다. 아니, 아니야, 당신이랑 같이 있는 게 더 좋아. 사실이었다. 그녀의 시간과 나의 시간을 유리병 안에 집어넣고 시시콜콜한 것들을 보존하는 일이 좋았다. 그녀가 무슨 주제로 논문을 쓰고 있고, 그녀를 지지하는 노교수의 칭찬에 힘입어 무엇을 공부하고 있는지. 하지만, 솔직히 말하자면 난 대수학에 대해서는 전혀 모르는 문외한이었다. 창피함을 무릅쓰고 난 뼛속까지 문과 체질이라는 불변의 사실을 그녀에게 고백했다. 나디아가 갈릴레오의 복잡한 원리들과 아름다운 활자들을 동시에 이해하는 사람이었다면 얼마나 좋았을까. 하지만 나도 그런 깜냥은 아니었으니까. 어쨌든 난 그녀가 공부하는 내용을 최대한 이해하고자 노력하겠노라고 약속했다. 그녀를 품에 안으며 이렇게 말했다. 왜냐하면 당신의 전부를 알고 싶거든, 전부, 전부를, 그러면서 그녀에게 입을 맞췄다. 내 입술로 그녀의 온몸을 핥아 괴로울 정도로 웃게 만들고 싶었다. 어디, 여긴 뭐가 있나 한번 볼까, 은근한 협박조로 그녀의 몸을 핥아나가기 시작했다. 웃지 마, 당신이 그렇게 흥분하면 좋게 해 주려다 다칠 수도 있어. 급기야 난 괴물처럼 쉿소리를 내며 그녀를 이렇게 불렀다. 니그리텔라, 니그리텔라 루브라, 펠린냐 언덕에 자생하는 야생 난, 섹스가 끝나자마자 또 하고 싶게끔 만든다는 정열적인 꽃말을 지닌 식물이었다.

그로부터 얼마 뒤에 내가 전에 썼던 짧은 에세이가 4개월에 한 번씩 발행되는 학교 관련 계간지에 실렸다. 나로 말할 것 같으면 원체 출세욕 같은 것과는 거리가 먼 사람이었다. 학생들을 가르치는 일을 하고, 원하는 만큼 책을 읽으며 평범한 삶을 꾸리고, 다른 사람들과 원만하게 지내는 것으로 충분했다. 에세이를 쓰게 된 건 아마도 테레사와 헤어지고 나서 빈자리를 메꾸려고 그랬던 것 같다. 어딘가에 처박아 두었던 글을 역시 학교 선생이었던 잘 아는 친구에게 보여주었고, 그 후로 몇 달이 지나도록 그 친구와 만날 기회가 없었다. 그러던 어느 날 아침, 예전에 알고 지내던 싸움닭 기질이 다분한 여선생으로부터 전화 한 통을 받았다. 난 한때 학생들을 잘 가르쳐 보겠다며 여기저기 강의를 들으러 다녔던 적이 있었는데, 그때 만난 선생님이었다. 그녀가 학교로 전화를 걸어 날 찾았다.

"무슨 짓을 한 거예요?"

"난 무슨 말인지 모르겠는데, 선생님이 말해 봐요."

"당신이 학교는 필요로 하지 않는 사람들한테만 도움이 되는 거라고 썼잖아요."

"내가요? 아닌데."

"거짓말, 지금 내 눈에 흰 종이 위에 쓴 검은 글씨가 보이는데, 그래도 발뺌할 거예요? 나만 그런 게 아니라 다들 화가 났어요. 진지한 간행물에 이런 말도 안 되는 글이 실리는 게 말이 되느냐고 항의하는 편지를 쓰겠대요."

"선생님이 잘못 읽은 거겠죠. 난 일반적인 얘길 한 거지 당신 같은 선생님들을 꼬집어서 한 말이 아니에요."

그녀와의 괴로운 통화를 기점으로 내가 쓴 글의 공적인 생애가 시작되었다. 난 그 잡지를 사지도 않았고, 나디아에게 이야기하는 것도 피했다. 에세이와 더불어 그 선생님과의 통화 내용도 최대한 빨리 잊고 싶었다. 그러던 중 난 같은 잡지의 다음 호를 사게 되었다. 오랜만에 나한테 연락한 친구가 깜짝 놀랄 만한 좋은 일이 있다고 말했기 때문이었다. 잡지의 편집부 측은 나의 비판적인 글을 그리 나쁘게 평가하지 않았을 뿐 아니라, 정당하게 다뤄져야 할 주제라고 조심스럽게 주장하는 칼럼 한 편을 실었다. 더욱 놀라운 사실은 그 글을 쓴 사람이 당시 이름을 날리던 교육학자였고, 그의 칼럼이 생각보다 널리 반향을 불러일으키고 있다는 것이었다. 스테파노 이트로, 그는 나의 짧은 글에 과하다 싶을 정도로 후한 점수를 매겨주었다.

내가 그 사실을 나디아에게 이야기했을 때, 그녀는 부엌에 있었다. 시베리아 같은 추위가 닥친 날이었다. 세찬 바람이 쌩쌩 소리를 내며 벽에 부닥쳤다.

"왜 나한테 말 안 했어?"

"뭘?"

"당신 에세이."

"그걸 썼을 때는 우리가 아직 사귀지 않았어."

"하지만 우리가 결혼하고 나서도 얘기하지 않았잖아."

"별게 아닌 것 같아서 그랬지. 당신이 하는 진지한 공부에 비하면 바보 같은 짓 같아서."

"그 여자는 옛날에 읽었어?"

"그 여자라니 누구?"

"나 만나기 전에 같이 살았던 여자."

"테레사? 아니, 그땐 이미 헤어졌어."

"난 당신한테 내 생각을 전부 다 말하는데."

"당장 가져와서 큰소리로 읽어줄게. 들어보면 당신도 별거 아니란 걸 알게 될 거야."

늘 예의 바르게 굴었던 것과 달리 그녀는 매몰차게 대답했다.

"별거 아니라며, 괜히 시간 뺏지 마."

며칠이 지나서야 난 그날 아침에 그녀가 왜 그리 삐딱하게 굴었는지 알게 되었다. 바로 그날 아침에 그녀는 임신 여부를 확인하기 위해 소변 검사를 하러 병원에 갔다. 나한테는 미리 알리지 않았다. 그때만 해도 나디아 같은 부류의 여자들은 육체적인 특정한 현상을 대놓고 이야기하길 부끄러워하던 시절이었다. (테레사는 그렇지 않았다. 생리가 조금이라도 늦어지면 나한테 이렇게 말하곤 했다. 당신 설마 나한테 못돼먹은 장난친 건 아니겠지?) 어느 날 오후에 지루한 회의를 마치고 집에 돌아온 난 기뻐하는 아내의 모습을 보았다. 임신이었다. 나의 에세이에 대해서는 당분간 입을 다물기로 했다. 그녀에게는 그다지 중요한 일이 아니었다.

7

임신한 뒤로 9개월이 번개같이 지나갔다. 점잖은 성격의 아내는 대놓고 입덧과 구역질을 하는 법이 없었다. 역시나 점잖은 태도로 이를 악물고 출산의 고통을 이겨냈다. 아기를 낳은 뒤에는 며칠 만에 자리를 툭툭 털고 일어났다. 산후조리를 힘들어하지도 않았다. 아니, 어찌 보면 아예 아기를 낳은 것 같지 않기도 했다. 하여간에 난 그렇게 내 팔로 나의 딸, 엠마를 품에 안게 되었다. 보랏빛이 감도는 자그마한 우상. 몸이 이끄는 대로 나디아에게서 떨어져 나온 건지, 황새

가 물어다 준 건지 모르겠지만, 이루 말할 수 없이 사랑스러운 아기였다.

　나 자신이 무척 자랑스러웠다. 마흔이 채 안 된 나이에 좋아하는 일을 하고 있었고, 진심으로 사랑하는 사람을 아내로 만나 결혼했고, 나 또한 할 수 있는 선에서 최대한 힘을 보태서 완벽한 여성의 형태로 생생하게 재현해 낸 아기를 내 팔로 안고 있었다. 그에 더해 나의 에세이 덕분에 이따금 학교에서 강연해 달라는 초청을 받기도 했다. 알 수 없는 일은 이후로도 계속되었다. 엠마가 태어난 지 6개월 되던 날에 권위 있는 출판사에서 연락이 왔다. 수화기 건너편에서 단호한 목소리의 여자가—아마도 일을 효율적으로 처리하려는 비서일 가능성이 높았다—말했다.

　"저는 틸데 파치니라고 합니다, 이트로 교수님을 바꿔드려도 될까요?"

　가슴 속에 확하고 불이 붙은 기분이었다. 아침에 일어나 멍한 정신으로 커피를 끓이려고 가스레인지 위에 모카 포트를 올렸는데, 불길이 잠옷에 옮겨붙은 느낌이랄까. 이트로 교수는 나의 글을 후하게 평가해 주었던 교육학자였다. 그의 이름을 듣자, 더 이상 자신을 주체하기가 어려웠다. 우와와와, 나도 모르게 흥분으로 가득 찬 야성적인 콧소리를 내뱉었다. 틸데가 물었다.

　"못 알아들었어요. 실례지만, 지금 바쁘신가요?"

"아니, 아니요, 바꿔 주세요. 감사합니다."

이트로는 내가 어느 학교에서 가르치는지, 뭘 가르치는지, 언제부터 가르쳤는지 물었다. 그리고 자신이 이끄는 출판사에서 나의 에세이를 단행본으로 출간하고 싶다고 말했다.

"백 페이지 정도로요." 그가 말했다.

"그건 불가능해요, 분량이 너무 많아요, 전 절대 백 페이지나 되는 글을 쓸 수 없어요."

"나중에 보시면 알겠지만, 삼백 페이지를 써서 편집하게 될 겁니다."

"생각 좀 해 봐도 될까요?"

"얼마든지요."

이번에는 바로 나디아에게 말했고, 처음에는 그녀도 매우 기뻐했다.—피로에 찌든 눈빛으로 진짜 멋지다고 두 번씩이나 연달아 외쳤다—그러더니 이내 수심에 잠겼다.

"근데 어쩌지."

"무슨 뜻이야?"

"엠마도 있는데 어떡해? 엄마랑 언니한테 계속 애를 봐 달라고 하기도 그렇고."

"밤에 일할게. 아기가 잠들었을 때."

"밖에 나가서 돌아다닐 일이 많은 건 아니겠지?"

"그렇진 않을 거야."

"난 나폴리까지 다녀야 해. 안 그랬다가는 대학교수고 뭐고 끝장이야."

"그럼, 당연하지."

틸데 파치니에게 전화를 걸어 제안을 승낙한다고 말했고, 2주 뒤에 서명해야 할 계약서가 도착했다. 난 신속하게 서명한 뒤에 출판사에 다시 보낼 생각이었지만, 나디아는 계약서를 꼼꼼하게 살펴보았다. 계약서를 읽고 또 읽으며, 모든 확실한 사항들과 추가 사항들을 비롯해 우리 부부뿐만 아니라 장차 우리의 딸을 위협할 만한 조건은 없는지 신중하게 살폈다. 하지만, 그녀가 이해할 수 있었던 거라고는 터무니 없이 낮은 액수의 계약금 외에는 없었다. 그녀에게 신경 써줘서 고맙단 말을 건네며, 나에게는 책을 쓰는 일이 그저 취미에 불과하다고 덧붙였다. 왜 있잖아, 캘리그래피 같은 거 말이야. 그러자, 그녀가 드디어 서명해도 괜찮다고 했다. 서명을 허락하는 그녀의 모습은 마치 오디세우스에게 부질없는 명령을 내리는 페넬로페처럼 보였다. 인어를 만나거든 귀를 틀어막고 부디 텔레마코스의 미래만 생각하세요.

책을 쓰는 일은 생각보다 오래 걸리지 않았다. 다 쓰고 나니 80페이지 정도 분량의 원고였다. 어쨌든 엠마를 돌보며 글을 쓴다는 게 만만치 않았다. 나디아는 종종 지도교수를 만나러 나폴리까지 가야 했고, 난 틈틈이 자료를 찾으러 도서관으로 달려가야 했다. 나디아의 어머니가 큰 도움을 주었고, 나디아 또한 평소에 해왔던 것보다 조금 더 날 위해 희

생해 주었다. 덕분에 난 마감일을 어기지 않고 원고를 넘길
수 있었다.

원고를 들고 직접 출판사에 찾아간 나는 그곳에서 틸데를
처음 만났다. 마흔 정도 되어 보이는, 이지적인 얼굴에 여리
여리한 몸매를 지닌 여자였다. 짧은 금발 머리에 아몬드 같
은 눈은 작은 편이었다. 하늘색 캐시미어 스웨터 위로 식물
의 줄기처럼 길고 가느다란 목이 솟아나 있었다. 이트로도
만났다. 그는 예순이 조금 안 되어 보였고, 작은 키에 왜소한
체구였다. 복도를 걷거나 문을 열 때마다 누가 잠복해 있나
살피는 듯한 경계하는 눈빛을 지닌 사람이었다. 판테온 근처
에 있는 근사한 식당에서 셋이 점심을 먹는 동안 두 사람은
날 정말이지 친절하게 대해 주었다. 일주일 정도 후에는 친
절이 열정으로 바뀌었다. 틸데는 나한테 전화할 때마다 밝은
목소리로 말을 이었다. 좋은 소식, 그 이상은 말하지 않을게
요. 내일 오후 4시에 출판사에서 봐요.

약속 시간보다 거의 한 시간이나 먼저 도착한 나는 야릇
한 흥분에 사로잡혀 건물 주위를 배회했다. 이트로가 날 보
자마자, 책이 생각보다 훨씬 잘 나가고 있노라고, 정말이지
잘 썼노라고 했다. 틸데는—그제야 알게 된 사실에 따르면
그녀는 비서가 아니라 편집자였다—그보다 좀 더 차분한 반
응을 보였다.

"당신은,"

그녀가 말했다.

"진짜 솔직해요. 솔직하고 순수해요. 인간을 자유롭게 만드는 귀중한 혼합물이죠."

"감사합니다."

"이참에 좀 더 밀고 나가보자고요. 뭐, 어차피 책이 있잖아요."

"좋아요. 당연히 그렇게 해야죠"

우린 두 달 정도 함께 일했다. 일주일에 두 번씩 출판사에 가느라 나디아와 미리 조율했던 시간표에 차질이 생겼다. 어쨌든 꼭 필요한 차질이었다. 틸데는 이런저런 자리에서 내가 했던 모든 주장과 발언들을 빠짐없이 검토했다. 주제와 일치하지 않는 부분들이 적잖이 발견되었고, 참고 문헌상의 실수, 심지어 심각한 맞춤법의 오류도 있었다. 그녀와 나는 아주 친밀한 사이가 되었다. 똑똑하고 유머 감각이 풍부한 사람이었다. 그녀와 내가 공통으로 아는 친구들이 많다는 사실도 밝혀졌다. 다들 삼십에서 사십 대 정도의 사람들로 보다 나은 세상을 만들고 그 결과 더 좋은 학교를 만들고자 투쟁하는 사람들이었다. 거슬러 올라가다 보니 과거에 내가 그녀의 남편을 만난 적도 있었다. 그는 날 기억한다고 했다. 난 솔직히 기억나지 않았지만, 그래도 안다고 했다.

"그런 소리 자주 내요?"

어느새 가까운 친구 사이가 된 그녀가 출판사의 휑한 복도에서 커피를 홀짝거리며 물었다.

"무슨 소리요?"

그녀가 입으로 우스꽝스러운 소리를 냈다. 방금까지 요조숙녀였던 그녀가 돌연 입술을 쭈욱 내밀며 소녀처럼 장난을 쳤다.

"우-와와와."

"아니요, 그 상황에서만 그랬던 거예요."

"다시 해 봐요, 제발요."

내가 우스운 짓을 해 보였다.

"맞네, 당신은 진짜 순수한 사람이라니까."

마침 다가온 이트로가 대화에 끼어들더니 다분히 신사적이고 교양 있는 말투로 뜬금없는 질문을 던졌다.

"아내가 있나요?"

"네."

"무슨 일을 하죠?"

"저랑 같은 학교 선생이에요. 학교에서 만났죠. 나폴리에 있는 대학에서 가르치고 싶어 해요. 아주 똑똑한 여자예요."

"그거 잘됐네요, 부인께 책 한 권 써 달라고 부탁 좀 해 보세요."

"그래요," 틸데가 말했다.

"이과 과목 수업에 대해서, 당신 책이랑 세트로 말이에요."

"한 살도 안 된 아기가 있어서 둘 다 시간 내기가 만만치 않아요."

"그럼 그 아이한테도 한 권 부탁하면 되죠."

이트로가 우스갯소리를 했다.

8

기억을 더듬어 보니, 난 어릴 적에도, 성장한 후에도 나 자신이 마음에 들었던 적이 한 번도 없었다. 그날 오후에 버스를 타고 몬테사크로 집으로 돌아오는 길에 난 여러모로 달라진 상황에 대해 생각에 잠겼다. 테레사와의 결별, 사랑하는 사람과 헤어진 상처가 극에 달했을 때 그 짧은 글을 썼다는 게 정말 다행스러웠다. 나디아와의 결혼, 엠마의 탄생, 그리고 이제 내 책까지, 나의 멘토였던 이트로 같은 인물이 날 따뜻하게 대해 주었고, 틸데 같은 능력 있는 여성이 날 더 나은 방향으로 변화시키고 있었다. 하지만 그러한 목록 중에 영 찜찜한 무언가가 있었다. 버스는 그늘진 노멘타나 거리를 지나는 중이었고, 스모그로 시커먼 플라타너스 사이로 사나운 빗줄기가 퍼붓고 있었다. 어느새 난 최근에 벌어진 내 인생의 긍정적인 사건들 가운데 테레사와의 결별을 끼워 넣고 있었다. 그런 생각이 떠오르자 어쩐지 내가 나쁜 사람이 된 것만 같았다.

연인 시절에 우리가 겪었던 최악의 상황은 어느새 재만 남아 있었다. 먼발치에서 바라보니 가벼운 삽화처럼 윤곽선만 눈에 뜨일 뿐, 그런대로 참아줄 만했다. 서로가 이뤄낸 성취를 즐기며 함께 했던 그 시절, 더 이상 서로를 괴롭히지 않게 된 이제 와 돌이켜 보니 놀라우리만치 격렬하고 풍요로운 시기였다. 버스에서 내려 집까지 걸어가는 동안 난 세찬 비바람에 뒤집히는 우산을 추스르느라 애를 써야 했다. 돌풍을 동반한 거센 비에 우산은 큐폴라에서 술잔 신세로 뒤바뀌어 버렸다.—형태를 지닌 사물들에 말을 갖다 붙이는 건 어찌나 쉬운 일인지—바로 그 순간, 그녀가, 테레사가 떠올랐다. 그녀는 어디로 갔을까, 뭘 하고 있을까, 그녀에게 연락해야 해, 편지를 써야 해, 새 책에 대해, 나에게도 변화가 생겼다고 이야기해 줘야 해.

그러나, 집안에 발을 들여놓자마자, 테레사는 온데간데없이 사라져 버렸다. 집안 꼴이 말이 아니었다. 엠마는 울고 있었고, 나디아는 신경이 날카로워져 있었다. 난 즉시 아내의 기분을 북돋아 주는 일에 착수했다. 한편으로 그녀를 웃게 만들면서, 다른 한편으로는 엠마를 달랬다. 아기를 웃기고 어르면서 엄마가 줄 때는 먹지 않았던 이유식을 입에 넣어 주었다. 드디어 나도 저녁을 먹었고, 징징거리는 아기를 의자에 앉혀놓고 설거지를 했다. 아내는 내가 아기를 재워주길 바랐지만, 아기가 잠들 기미를 보이지 않자, 난 아기를 기쁘게 해 주려는 마음에 계속 놀도록 내버려 두었다. 그리고 잔뜩 집중해서 공부하고 있는 나디아에게 갔다. 오후에 출판사에서 있었던 일을 비롯해 조만간 내 책에 관한 기사가 신문에 실릴 거라는 말도 했다. 그리고 그녀의 목덜미에 입을 맞추며 속삭였다.

"침대로 갈까, 니그리텔라."

"당신이나 가. 난 일해야 해. 당신 얘기를 계속 들어주다가 밤을 새울 판이야."

"일은 내일 하고 내 품에 와서 안기지 그래?"

"내일도 억지로 일하라고, 그렇게는 못 해."

그녀가 울음을 터뜨리기 직전이란 걸 눈치챈 내가 서둘러 말했다.

"책 쓰는 게 끝났으니까, 이제 내가 다 알아서 할게."

"말로만."

"들어봐, 당신한테 이트로와 틸데를 소개해 줄게. 진짜 멋진 사람들이야."

그녀가 눈물을 닦았다.

"둘이 애인 사이야?"

"무슨 소리야, 그 남자는 아내랑 자식이 넷이야. 틸데도 결혼했고, 남편도 진짜 괜찮아. 내가 대학 다닐 때 알던 사람이야. 애가 둘인데 하나는 여덟 살이고 큰애는 열두 살이래."

"저녁 식사에 초대하든가."

"그래, 틸데와 이트로 둘 다 부르고 싶어. 그 사람이 당신더러 나랑 비슷한 책을 써 보래, 이과 분야에서.”

나디아를 기분 좋게 해 주려고 한 말이었지만, 어쩐지 긴장하는 눈치였다. 그녀가 눈물이 마른 눈으로 말했다.

“내가 대학에 자리를 얻으려고 몇 년씩이나 공들인 거 당신도 알지?”

난 아무런 대답도 없이 고개만 끄덕였다. 그녀가 일하게 내버려 두고 혼자 침실로 갔다.

9

다음 날, 난 테레사의 친구에게 전화를 걸었다. 산 로렌초 원룸에서 나랑 동거하기 전에 같이 살던 친구였다. 그녀는 나에게 위스콘신에 가 있는 테레사의 근황에 대한 놀라운 소식을 전해주었다. 테레사가 MIT에 일자리를 잡았고 지금은 보스턴에 살고 있다고 했다. 언제 어떻게 그리되었는지 시시콜콜한 이야기는 하지 않았다. 직장 이름과 전망을 얘기한 게 다였다. 확실한 건—그녀가 말했다—걘 여태 죽 잘해왔잖아요, 그리고 지금은 아주 중요한 직책을 맡고 있어요, 미국의 저명한 과학 잡지에 전 세계의 유명한 젊은 과학자들 이름이 실렸는데 그중에 걔 이름도 있다니까요.

그 소식을 들은 난 기분이 좋아지기는커녕 우울해졌다. 테레사의 소식을 알고자, 무엇보다 주소를 알아내서 편지를 쓰고자 그 친구에게 전화를 건 것이었다. 그다지 큰 기대는 없었다. (편지를 어디로 보내면 될지 물어봐야지. 아님, 말고) 하지만 그 친구에게 주소를 묻자마자, 난 그녀가 주소를 알면서도 가르쳐주길 꺼린다는 사실을 눈치챘다. 자신을 정당화시켜야만 했던 난 이런 식으로 핑계를 댔다. 사랑이 끝나도 정은 남는 법이잖아. 곧 내 책이 나와서 한 권 보내주려고 그래. 친구는 결국 나에게 주소를 알려주었다. 그러면서 자기가 실수를 저질렀다고 걱정하는 눈치였다.

전화를 끊고 나니 한층 더 우울해졌고, 더 이상 테레사에게 편지를 쓰고 싶지 않았다. 뭐라고 써야 할까. 학교에 대한 나의 글을 언급하는 게 무슨 의미가 있을까. 그녀는 미국에, 게다가 MIT에 있었다. 그곳에서 얼마나 근사한 일을 하고 있을까. 어쩌면 나 같은 건 까맣게 잊어버렸을지도, 아니, 어쩌면 그녀도 결혼했을지도 모른다. 구속받길 싫어하는 그녀의 성향으로 미루어 보건대, 자기만큼 똑똑한 과학자 놈팡이랑 아무런 책임감 없이 같이 살고 있을지도 모를 일이었다. 난 누구보다 테레사를 잘 알고 있었다. 테레사에게는 찬란하고 창의적인 독기가 있었다. 규율을 참지 못했고, 암암리에 드러내는 법이 없었고, 늘 상대방의 면상에 직선적인 문장을 들이대는 방식으로 일을 해결했다. 상대방의 얼굴에 대고 독설을 내뿜으면서 말이다. 그녀의 지능적인 면모가 극에 달할 때면, 주위 사람들은 물론이고 심지어 피해를 당한 사람까지도 혀를 내둘렀다. 그러니 자신감으로 충만한 승리의 순간에 그녀가 어떤 능력을 발휘하게 될지는 안 봐도 뻔한 일이었다. 감미롭고 안정적인 현 상황이 망가질까 두려워진 나는 주소가 적힌 쪽지를 학교 사물함 안에 처박아 두었다. 나에게 주어진 역할, 틸데의 표현에 따르면, 순수하리만치 솔직한, 그러므로 자유로운 역할에 충실하기로 마음먹었다. 정확하게 내가 원해 왔던 모습이었다.

하지만 걱정은 좀처럼 사라지지 않았다. 어느 날 아침, 문득 테레사 친구와의 전화 통화 내용이 떠올랐다. 내가 이렇게 물었더랬다. 어디 사는지 알려 줘, 편지를 보내고 싶어서. 그러자 수화기 너머로 아주 잠시 침묵이 흘렀다. 상대는 진실을 입 밖에 내기 전에 무슨 거짓말을 둘러댈지 서둘러 머리를 굴리고 있었다. 당황스러운 그녀의 침묵에 대해 백 가지도 넘는 다양한 이유들을 갖다 붙일 수도 있을 것이다. 그러나 나한테 중요한 건 오직 하나였다. 테레사가 나의 끔찍한 비밀을 그 친구에게 누설한 건 아닐까, 그래서 그 친구가 그렇게 망설였던 게 아닐까.

그러한 가설이 불안을 근심으로 그리고 두려움으로까지 변모시켰다. 테레사가 내가 은밀히 털어놓은 비밀을 자기 친구한테 누설할 수 있었을까? 아니야, (애써 나 자신을 진정시켰다) 그건 불가능해. 단점이 무지 많은 사람이지만, 수다쟁이는 아니야, 남의 험담도 하지 않고, 지킬 건 지키는 사람이야. 좀처럼 마음을 진정시킬 수 없었던 나는 주소를 다시 꺼내 들었다. 그녀에게 애정 어린 편지를 쓰고 싶은 마음은 싹 사라졌다. 그녀라는 존재가, 도저히 내 힘으로 통제할 수 없는, 지나칠 때마다 불길한 영향을 미치는 혜성처럼 느껴졌다.

부디 이 편지가 날 도와서 그녀가 나한테 나쁜 짓을 할 의도가 있는지 밝혀주기만을 바랐다. 내가 쓴 책이 출간되기 직전이었고, 틸데와 이트로는 나의 직업적인 그리고 인간적인 면모를 높이 평가한다는 사실이 드러났다. 이 상황에서 날 둘러싼 악소문이 퍼지기라도 한다면. 편지지를 책상 위에 던져놓고 내가 늘 쓰던 풍자적인 투로 도입부 몇 마디를 써 내려갔다. 다음으로 미국 사람들이 소위 성공이라 일컫는 그녀의 성취에 대한 칭찬의 말, 그다음에는 엠마의 탄생과 이탈리아 내에서의 나의 소소한 일들에 관해 썼다. 똑같이 이별했다 할지라도 누군가는 이별로 인해 삶을 악화시키고, 누군가는 삶을 승화시킨다는 둥 말도 안 되는 소릴 늘어놓은 뒤에 다행히도 우린 두 번째 범주에 속한다는 사실을 강조했다.—사실 우린 각자의 삶에 최선을 다하고 있지 않은가—편지의 끝은 이렇게 마무리했다. 우리가 헤어진 게 서로를 계속 좋아할 수 있는 유일한 방법이었기에 정말이지 다행이야. 포옹과 뽀뽀를 전하며. 한적한 산골짜기 오솔길을 걷다 마주친 사람에게 반갑게 손짓하고서, 화답의 손짓을 기다리는 기분으로 편지를 부쳤다.

그 순간부터 난 한층 마음이 놓였다. 그녀는 분명 특유의 까칠한 투로 답장을 보내올 것이다. 이를테면 이렇게 말이다. 친애하는 당신에게, 난 한 번도 당신을 좋아했던 적이 없어. 하지만 당신이 그렇게 예의 바르게 구는 걸 보니 지금부터라도 그럴 수 있겠다 싶어. 그러나, 사실, 내가 바랐던 건 그 이상이었다. 우리의 은밀한 약속에 대한 재확인이랄까. 둑이 무너져 내려 망신을 당하게 되지 않을까 정말이지 걱정스러웠다. 테레사가 나한테 이렇게 말해주기만을 간절히 바랐다. 둑은 멀쩡해, 멍청한 인간아, 위험하지 않다고.

10

몇 주 동안 기다렸지만, 답장은 오지 않았다. 또다시 걱정되기 시작했지만, 엄밀히 말하자면 실체가 없는 걱정이었던지라 결국 걱정했다는 것 자체도 잊어버리고 말았다. 실은 얼마 지나지 않아서 새로운 걱정거리가 생겼기 때문이었다. 나의 얇은 책이 서점의 매대 위에 모습을 드러낸 것이다. 당시 매우 영향력이 컸던 스테파노 이트로라는 이름이 책의 질적인 면을 보장했고, 틸데는 신문 기자들과 인맥이 닿아 있었다. 한 달도 안 돼서 여기저기서 서평이 눈에 띄기 시작했다. 간혹 책에 대한 비판적인 견해도 있었지만, 어쨌거나 나에게는 도움이 되는 말들이었다. 서평을 하나하나 읽어나가며 나도 모르게 가슴이 뭉클해졌다. 지인이나 나를 좋아하는 사람들의 평가는 그렇다 치고, 생판 모르는 사람들이 나에 대해 상상하며 쓴 글을 보고 있자니, 마침내 나라는 존재가 만천하에 드러난 듯한 기분이었다. 날 칭찬하는 사람이나 비판하는 사람 모두가 마지막에는, 한결같이 내가 극렬한 성향을 지닌 교양인이며, 불굴의 의지로 항의하는 사람이라고 결론지었다.

틸데는 서평들이 마음에 든다고 했다. 전에 없던 밝은 억양으로 (과장된 문장을 혐오하는 여자였다) 종합적인 평가를 해 주었다. 사람들이 당신의 근본적인 자질, 고귀한 심성, 예리한 지적 능력을 알아보게 된 거예요. 이트로는 서평들을 분석한 후에 다음과 같은 결론을 내렸다. 청중들도 당신을 열렬히 환영할 겁니다. 하지만, 초창기에는 그의 예언이 적중하지 않았다. 틸데가 바부이노 거리에 있는 펠트리넬리 서점에서 내 책의 북토크를 계획했다. 이트로 못지않게 유명한 교육학자, 저돌적인 교장 선생, 반백의 학교 선생, 공붓벌레 학생이 연사로 참석했는데 다들 지나치게 말이 많았다. 40여 명의 청중 중에는 내가 가르치는 고등학교의 동료 선생님들과 나의 옛날 제자 몇 명, 가족들을 이끌고 온 나디아와 당연히 엠마도 있었다. 엠마는 내가 책의 저자로서 발언하는 동안 계속 나한테로 와서 같이 놀고 싶다며 칭얼거렸다. 연사들의 열띤 발언 때문에 나중에는 청중들의 질문 시간도 모자랄 지경이었다. 입술이 아주 얇고 이마가 넙데데한 땅딸막한 남자 한 명만 손을 번쩍 들고 말했다. 당신이 썼다는 그 잘난 책 나부랭이가 성공한다면, 당분간 학교에 대한 진정한 논의는 불가능하다고 봅니다. 그러나 자신의 발언에 연사들과 청중들이 야유를 보내자, 그는 바로 꼬리를 내리고 사라져 버렸다. 다행스럽게도 틸데와 이트로는 나디아와 엠마를 무척 좋아했다. 표현 방식은 달랐지만, 둘 다 나에게 똑같은 말을 했다. 이렇게나 예쁘고 똑똑한 부인이랑 특출난 딸을 왜 여태 감춰 놨던 거예요?

나디아도 두 사람을 알게 된 걸 기뻐했고, 집에 돌아와서 나에게 둘 다 정말 좋은 사람들이라고 말했다. 아내는 침대에 누워 불을 끄기 전에, 아까 입술이 얇은 작자의 막말을 거론하며 날 위로해 주었다. 내가 얼마나 화가 났는지 당신은 모를 거야. 가증스러운 인간, 따귀를 날려주려다가 말았어. 당신이 무너지지 않아서 다행이야. 당신은 정말 좋은 사람이야. 그리고 이런 말로 결론을 맺었다. 우리 둘이 딱 달라붙어서 잘 살면 돼지 뭐. 그게 제일 중요한 거야. 그녀의 말이 백번 옳았지만, 좀처럼 잠이 오지 않았다. 적어도 한 시간 동안 그 재수 없는 인간을 응징할 만한 악랄한 대답이 무얼까 고민하다가 결국 테레사한테까지 생각이 미쳤다. MIT에서 나한테 쌤통이라면서 그러겠지. 친애하는 당신, 유일하게 비판적인 영혼을 지닌 분한테 왜 그러셔.

다음 날이 되자 기분이 한결 나아졌다. 난 솔직한 심정으로 책을 썼고, 선생 일을 잘해 내고 있었으며, 가족이라는 조직 또한 그럭저럭 돌아가고 있었다. 아직 잠들어 있는 나디아를 살짝 껴안아 보았다. 최근 들어 그녀는 늙고 무뚝뚝한 교수가 잘 봐주지 않는다며 힘들어하고 있었다. 학교 수업이 없는 날에는 부랴부랴 나폴리까지 가곤 했다. 대학에 자리를 얻으려면 권위 있는 교수가 나서서 힘을 써줘야만 했기 때문이었다. 그런 날에는 내가 엠마를 데리고 학교에 가는 수밖에 없었다. 수업하는 동안 여학생 한 명에게 아기를 돌봐달라고 부탁했다. 남학생들만 수업을 들었고, 여학생들은 수업을 듣는 척만 하고 아기와 놀아주었다.

학교에서 돌아오는 길에 난 서평들을 보관할 앨범 한 권을 샀다. 오후 시간에는 놀이인 양 재미를 붙인 엠마의 도움을 받아 셀로판지 아래 서평이 실린 종이들을 집어넣었다. 마지막으로 좁고 추운 내 방 선반 위에 작가 증정본 세 권을 나란히 진열해 놓았다. 이로써 소소한 나의 경험은 다 끝난 것이라 여겼다.

저녁때가 되자, 나폴리에 갔던 아내가 피곤으로 찌든 얼굴로 돌아왔다. 요점만 말하자면, 내가 나의 책을 두고 했던 말과 똑같았지만, 그녀의 표현법은 한층 드라마틱했다. 대학에서의 경험은 끝이야. 교수님이 내가 써낸 걸 한 페이지도 안 읽었어. 제출한 지가 한 달도 더 됐는데, 아니, 어쩌면 읽었을지도 모르지. 그래, 아마 읽었을 거야. 내가 자료 수집하기가 어렵단 걸 눈치챈 거야. 난 그녀의 기분을 나아지게 만들고자 교수님이 했던 얘기를 그대로 재현해 보라고 했다. 그리고 몇몇 문장들을 물고 늘어지며 그녀가 오해하고 있는 거라고 말했다. 사실 당신은 아주 촉망받고 있어. 조만간 교수님도 당신의 방정식인지 뭔지를 제대로 읽을 거야. 그럼, 모든 게 잘 풀릴 거야.

그녀에 대한 나의 솔직한 생각이었다. 하지만, 사태는 다르게 흘러갔다. 상황이 나아진 건 그녀가 아니라 나였다. 틸데에게서 자주 전화가 왔다. 새로운 서평이 실렸고, 서점에서 날 초대했고, 고등학교에서 날 오라고 했고, 몇몇 세미나에서 날 불렀고, 다시 말해서 책이 활발히 퍼져나가고 있었다. 당황스러웠고, 조금은 걱정스럽기도 했다. 소위 말하는 독자들 즉, 내 책을 읽기 위해 돈을 지출한 사람들, 그리고 이제는 나와 토론을 벌이고 싶다는 사람들과 마주해야 하는 상황이 닥친 것이다.

"당신 말은, 지금 같은 상황에서는 절대 가르치는 일을 제대로 할 수 없다 이겁니까?"

"네."

"그렇다면 학교가 문을 닫아야 한다는 말이오?"

"아니요."

"그럼요?"

"문제는 불평등입니다."

"무슨 뜻이죠?"

"당신이 타고난 금수저고, 난 흙수저라고 가정해 봅시다. 우리 둘을 똑같이 취급하는 학교가 어떻게 두 사람 모두에게 서 최선의 결과를 끌어낼 수 있을까요?"

처음에는 목구멍이 꽉 막혀서 오래도록 입을 다물고 있거 나 말을 더듬거리기도 했다. 정말이지 어찌할 바를 몰랐다. 수업 시간을 제외하고 내가 청중 앞에서 이야기하는 경우는 드물었다. 물론, 교사 단체라든지 학생 모임에서 발언해야만 했던 경우도 종종 있긴 했다. 대개는 살벌한 토론의 장이었 으며, 난 그리 뛰어난 사람이 아니었다. 책의 내용에 근거해 서 나 자신을 표현하는 법을 서서히 익혀나갔다. 그러자 엉 망이었던 초반의 상황에 비해 차츰 실력이 늘어 갔고, 어느 새 난 수업 시간에 학생들 앞에서 말하듯이 자연스럽게 말을 이어갈 수 있게 되었다. 퀸틸리아누스 또는 키케로처럼 말이 다. 청중들이 나의 발언에 계속 주의를 기울이도록 최선을 다하고, 그들의 반응을 감지하는 동시에 나도 반응을 해 주 면 되는 일이었다. 결과적으로 난 그들을 설득했을 뿐만 아 니라, 사로잡을 수 있게 되었다. 글뿐만 아니라, 말로 표현하 는 요령을 터득했다고나 할까. 강연을 들으러 온 청중 중에 는 로마에서의 그 남자처럼 무례한 사람이 등장하는가 하면,

어딜 가나 빠짐없이 교육을 논하는 척하면서 정치적 샛길로 빠지는 사람들도 있었다. 그런 이들은 오래전에 나에게 협박 전화를 했던 어떤 동료와 토씨 하나 안 틀리고 똑같은 말을 했다. 어쨌든 이제 난 그들의 기분을 상하지 않게 하면서 말을 받아치는 요령을 익히 알고 있었다.

학교 수업을 하면서 밖으로 나돌아다니는 일이 점점 늘어 났다. 나디아 부모님의 인맥 덕분에 처음에는 주로 아브루초 마을들을 다녔다. 두 분 모두 대대로 학교 선생과 대학 교수 직에 종사해 온 교육자 집안 출신이었다. 그때만 해도 아직 강연의 '강' 자도 모르고 헤맬 시기였다. 무슨 말을 해야 할 지 몰라서 그냥 떠오르는 대로 내뱉었다. 이따금 내 말을 못 알아듣는 사람들도 있었다.

"그러니까 당신은 우등생들, 소수의 훌륭한 학생들을 반대 한다는 겁니까?"

"아니요."

"당신이 지금 그랬잖소."

"제 말은 우리 같은 선생들이 수업을 잘 따라오는 학생들만 훌륭한 학생이라고 여긴다는 겁니다."

"그게 아니란 말이오?"

"물론 그렇지만, 우리와 비슷한 학생들한테만 현혹될 가 능성이 있습니다. 우리와 다른 지능을 지닌 학생은 못 알아 보고요."

"대체 뭔 소린지 모르겠소."

"친애하는 선생님, 만일 내가 당신을 나처럼 평범하고 변변찮고 퇴보적인 중산층이라 여기고 당신한테 후한 점수를 줬다고 칩시다. 그런 경우에는 나의 평범한 지능과 일치하지 않는 학생들 전부를 배려하지 않고 심지어 징계하게 될 가능성이 있단 말입니다."

그 와중에 종종 분위기가 예민하게 흘러가기도 했다. 그러나 시간이 지나면서 난 어떻게 하면 좋은 인상을 줄 수 있는지를 머릿속에 암기하게 되었다. 이 문장은 다시 써먹어야겠군, 그런 문장들은 기회가 있을 때마다 반복하며 완벽하게 다듬어 나갔다. 예를 들면 내가 수업할 때마다 자신에게 명령했던 문장이 하나 있었다. 네 선생님이 너한테 했던 대로 네 학생들을 괴롭히지 말아라. 그 말을 날리면 참석자들 대부분은 열렬히 환호를 보냈다. 이후로도 난 매번 청중들의 마음을 녹일 만한 그와 같은 한마디에 집중했다.

"당신이 가르치는 일을 시작했을 때, 기준으로 삼았던 게 있었나요?"

"전혀 없었어요. 제가 생각하기에는 그래요."

"당신 선생님 중에 본받을 만한 분이 있었나요?"

"선생님이요? 아니요, 절대로, 한 명도 없었어요. 아니, 저의 유일한 목표는 바로 이거였죠. 네 선생님이 너한테 했던 대로 네 학생들을 괴롭히지 말아라."

재치가 넘치는 반어법적인 문장을 발음할 때마다 모임은 이내 활기를 띠었다. 선생님들 또한 학교란 감옥에 수년 동안 갇혀 있었기에 절대 거기서 벗어나지 못하는 것입니다. 권력이 당신들을 교육하도록 내버려 두지 말고, 교육하는 법을 배우십시오. 좋은 교육은 파벌이 아닌 공동체를 만듭니다. 적은 수의 행복한 아이들을 잘 교육하기보다, 많은 수의 불행한 아이들을 더 잘 교육해야 합니다. 같은 집단에 속하는 사람보다 외부인으로부터 더 많은 걸 배울 수 있습니다. 등등의 문장들이었다. 척박한 벌판 같은 공교육을 토론하는 자리에 순간, 꽃들이 활짝 피어나는 듯했다. 학교에 대해 떠들던 암울한 공간 속에서 정교하게 다듬어진 금덩어리가 빛을 발하는 듯했다. 날 찾는 사람들이 두 배, 세 배로 늘어났고, 그렇게 난 아브루초 외에도 로마 지역과 이탈리아 방방곡곡을 돌아다니게 되었다. 모임을 주관하는 사람들은 대개가 정치 또는 노동조합 단체에서 거의 무보수로 일하는 형편이 어려운 사람들이었다. 빡빡한 여행 경비 때문에 샌드위치 한 조각으로 배를 채우고, 토론을 주관하는 사람 집에서 묵었다. 한밤중에 모르는 사람 집에서 나와 아침이 밝으면 시외버스나 기차, 자동차를 타고 집에 돌아오거나 곧장 학교로 갔다.

나의 그런 생활로 인해 나디아는 우울해졌고, 엠마는 몹시 예민해졌다. 내가 늘 학교 아니면 밖으로 돌아다니는 데 대해, 아내가 나의 부재를 못마땅해한다는 사실을 깨닫기까지는 그리 오래 걸리지 않았다. 아내는 나의 강연 활동을 책을 홍보하기 위해서가 아닌 가족이란 책임을 회피하기 위한 교활한 도피라고 여겼다. 오해가 오해를 낳던 어느 날, 그녀가 몇 번째인지조차 모르겠지만 나폴리에서 밤늦게 돌아오면서 일이 꼬였다. 그녀는 밤새도록 입을 꼭 다물고, 꼼짝도 하지 않고 침대에 누워 있었다. 그 뒤로도 며칠 동안 나한테 말을 걸지 않았다. 그리고 드디어 창백한 얼굴로 나에게 말했다.

"대학이랑은 끝냈어."

"맨날 그러면서 아니잖아."

"이번엔 진짜야."

"왜?"

"내 일이야."

"당신 일이 내 일이지."

"아니, 각자 자기 일이 있는 거야. 당신이랑 전혀 상관없는 분야야. 그러니까 더 이상 나한테 아무것도 묻지 마."

11

남녀 사이에 있어서 진정으로 투명한 관계를 유지하기란 쉽지 않다. 난 나디아를 사랑했고, 그녀에게 도움이 되고 싶었다. 하지만 대학에서 무슨 일이 있었고, 대체 왜 대수학의 표면에서 영원토록 떨어져 나가려 하는지 꼬치꼬치 캐물을 만큼 그녀를 사랑한 건 아니었다. 애초부터 대답을 바라지 않고서 질문을 던졌다고나 할까. 괜히 아내의 심기를 잘못 건드려서 꼭지가 돌고 폭발하게 되면 단시간에 끝날 일이 아니란 걸 잘 알고 있었다. 그날 하루 종일은 물론이고, 밤새도록 그리고 다음 날까지도 말다툼, 싸움, 골칫거리, 질질 짜기, 끝까지 물고 늘어지기, 어린 시절, 청소년기, 어른들의 나약함, 격려와 충고의 말들, 어쨌거나 기나긴 파도가 날 덮쳐버렸을 테니 말이다. 그렇게 된다면 내가 맡은 수많은 일들을 해낼 수 없었을 것이다. 수업, 토론, 출장, 사색, 공부, 엠마와 의무적으로 보내야 하는 시간, 유모차를 밀고 혹은 유모차 없이 다니는 산책, 그렇다, 우리 딸은 어느새 혼자서 걷고 뛰었고, 옹알이 대신 말을 하고 있었다.

부부의 삶에 있어서 내면적인 투명성이란, 누군가에게는 의무일지 몰라도, 나에게는 위험을 감수해야만 누릴 수 있는 사치였다. 나디아와 나 사이에 모든 게 투명했다면, 우린 적잖은 불편함을 감수해야만 했을 것이다. 더욱이 난 이전에 없었던, 흡족한 인생의 단계에 접어들었단 말이다. 특히나 기차를 타고 한 번도 가 본 적 없는 도시에 내려서 한 번도 만난 적 없는 사람들 앞에서 이야기할 때면, 그런 나의 모습이 얼마나 자랑스러웠는지 모른다. 출판사의 언론 담당 부서에서도 최선을 다해 홍보를 펼치고 있었다. 그전까지는 미리 선별한 청중들을 상대로 한 강연이었다면, 이제는 대규모 청중을 상대로 한 강연에 초점을 맞추고 있었다. 때로 이트로의 바로 옆자리에서 대담을 나누기도 했는데, 그럴 때면 그의 존재감이 나와 나의 책에 지대한 영향력을 행사했다. 대담이 끝난 후에는 나이가 지긋한 유명 인사들과의 저녁 만찬이 이어졌다.

틸데가 날 도와줄 때도 있었다. 그녀는 정말이지 최선을 다해 반지를 낀 손을 흔들며―가느다란 결혼반지 외에도 값비싼 보석이 박힌 반지를 두 개나 끼고 있었다―간결한 문장으로 소개의 말을 해 주었다. 5분 정도에 걸쳐 그녀의 말이 끝나면 내 차례가 돌아왔다. 이야기가 다른 데로 새는 것 같긴 하지만, 그녀가 여행 가방에 챙겨오는 짐을 볼 때마다 난 놀라움을 금치 못했다. 우아한 여행용 옷가지들, 내 책의 북토크 자리에서 입을 우아한 옷들, 북토크를 조직한 사람들과의 저녁 식사 자리에서 입을 우아한 옷들까지. 저녁 식사 분위기는 이트로의 저명한 친구들과의 식사 못지않게 지루했다. 그러나 틸데는 좋은 포도주를 고르는 데 일가견이 있었고, 우린 서로 다른 메뉴 두 개를 시켜서 나눠 먹곤 했다. 우린 옆자리 손님들을 무시하고 둘이서만 대화를 나눴고, 저녁 식사가 끝난 뒤에도 대화를 계속 이어갔다. 그러다 보면 어느새 밤이 깊어질 때까지 대화를 나누기도 했다. 이쯤에서 짚고 넘어가자면, 대화의 주제는 일과 관련된 것들도 있었지만 시시콜콜한 수다도 없지는 않았다. 중요한 건 우리가 실없이 참 많이도 웃었다는 것이다. 내 포크로 꼴뚜기를 집어서 그녀의 접시 위에 놓아주었고, 그녀는 내가 환자라도 되는 듯 숟가락으로 수프를 떠서 내 입 속에 넣어 주었다.

그렇다, 열일곱 살 이후로 난 수다를 떨고 음식과 타액을 맞바꾸는 그런 종류의 일들은 또 다른 부류의 교환을 불러일으킨다는 사실을 인지하고 있었다. 하지만 그녀와 나와의 관계는 달랐다. 우린 형제애로 맺어진 사이였고, 설사 근친상간의 순간이 닥쳐오더라도 은유적으로 처신할 수 있는, 소위 말해서 배울 만큼 배운 사람들이었다.

피렌체의 호텔에서 하룻밤 묵고, 자동차를 몰고 로마까지 가야 하는 어느 날 아침의 일이었다. 아침 뷔페에서 커다랗고 느끼한 초코케이크를 발견한 난 배가 불렀지만, 무작정 테이블로 가져왔다.

"반씩 먹을래요?" 내가 틸데에게 물었다.

"안 돼요, 배가 터질 것 같아요."

"나도요, 그래도 안 먹긴 아쉽잖아요. 맛만 보죠, 뭐."

내가 쓰던 포크에는 맛 좋은 치즈가, 숟가락에는 무화과잼이 잔뜩 묻어 있었다. 순간 내가 엄지손가락을 케이크 조각 속에 쏙 집어넣었다가 빼서 입에 넣었다. 맛있는걸, 내가 본격적으로 케이크를 먹으려고 덤벼들자, 틸데가 웃으며 내 손목을 잡았다. 마음이 바뀌었어요. 나도 맛 좀 볼래요. 내가 팔을 쭉 뻗자, 그녀가 몸을 앞으로 쭉 내밀고 케이크가 묻은 내 손가락을 입 안에 넣었다. 입술로 내 손가락을 쪽쪽 빨더니 나머지는 혀로 핥아먹었다. 어쩌죠, 손가락에 립스틱을 묻혔네요, 그녀가 그렇게 외쳤고, 난 손가락을 빤히 들여다보며 말했다. 괜찮아요.

　나디아를 만나서 결혼하기 전, 이른 아침에 그와 같은 사건이 벌어졌다면, 난 그 즉시 상상의 나래를 펼쳤을 것이다. 어떻게 하면 최대한 빨리 틸데를 내가 방금 일어난 침대로 데려갈 수 있을지 머리를 굴렸을 것이다. 그러나 지금 내 눈앞에는 잠이 덜 깬 충혈된 눈, 누렇게 뜬 얼굴, 땀으로 번들거리는 코를 지닌 한 여인이 있었다. 그녀는 피곤함을 무릅쓰고 오전 여덟 시도 안 되어서 로마까지 운전해서 가야만 했고, 그럼에도 좋은 동료의 역할을 다하기 위해 안간힘을 쓰고 있었다.

　바로 전날 저녁에도 우린 여느 때처럼 늦게까지 대화를 나눴다. 그녀는 딸 둘만 집에 있다면서 걱정을 감추지 못했다. 그녀와 남편은 지나치게 일을 많이 했고, 서로 마주칠 일이 적었고, 마주친다 해도 에너지가 고갈된 상태였다. 마흔 줄에 접어들면 인생은 그렇게 정신 없이 지나가 버리고야 만다. 쟁취해야만 하는 것들을 쟁취하기 위해 탐욕스러워질 수밖에 없는 것이다. 어찌 되었든 그녀는—남편은 그녀보다 덜하겠지만—그러한 갈망에 호응하기에는 지나치게 피곤했다. 육체적으로뿐만 아니라 정신적으로도 말이다. 눈화장으로 감춰지는 부분도 조금 있긴 했지만, 일 년 내내 잠만 자도 부족할 지경이었다. 그런 그녀에게 섹스에 대한 욕망이란 게 있기나 할까, 난 생각했다. 아니지, 아니야, 괜히 잘못 건드렸다가 나만 덤터기를 쓰고 곤란해질 수도 있었다. 그렇게 우린 각자의 방으로 돌아갔고, 십 분 후에 여행 가방을 들고 로비에서 만나 출발했다.

로마까지 운전하는 동안 그녀는 두어 번에 걸쳐 자신의 결백을 주장했다. 당신이랑 말을 놓고 친구로 지내고 싶어, 그녀가 말했다. 당신은 순수하고, 불온하고, 해맑고, 똑똑해. 아, 나에 대한 그녀의 정의가 어찌나 내 맘에 쏙 들었던지, 누군가 날 그렇게 표현해 주었으면 좋겠다고 늘 바라 마지않았다. 난 피곤하긴 했지만, 즐거운 기분으로 집에 돌아왔다.

"있잖아,"

그날 저녁이었는지 아니면 다음 날이었는지 잘 기억나지 않지만, 나디아가 나에게 말했다.

"당신이 엠마를 좀 더 돌봐줘야 할 것 같아."

"물론이지."

"여기저기 쏘다니는 짓 좀 그만해."

"날 오라는 데가 많아. 책도 잘 나가고 있고."

"당신이 늘 예스라고 대답해야 하는 건 아니잖아. 당신이 교육학자야? 당신이 여론 조사를 하는 사회학자야? 당신이 이탈리아 학교의 역사에 관한 책이라도 썼어? 당신은 짧은 수필집을 딱 한 권 냈을 뿐이야. 당신이 그랬잖아, 잡지에 실렸을 때 별거 아니니까 읽느라고 시간 뺏길 필요 없다고, 기억 안 나? 그런데 왜 그딴 멍청한 짓에 시간을 쏟아붓고 당신 딸이랑 놀아줄 시간은 없는 건데?"

그 시점에서 난 잠시 숨을 고르며 불변의 진리가 옳다는 사실을 기꺼이 인정할 수밖에 없었다. 우린 그 사람이 진짜인 줄 알고 사랑에 빠지지만, 그 사람이란 건 존재하지 않는다. 단지 우리가 만들어 낸 가공의 인물일 뿐이다. 이토록 떳떳하게, 운율을 맞춰 문장을 읊어대면서, 한 치의 거리낌도 없이 날 공격하는 이 여자, 그녀는 결코 나디아가 아니다. 내가 모르는 여자다. 사랑했던 그 사람과 현실에서의 그 사람은 엄연히 다른 법이다. 사랑하는 동안에는 절대 진실이 보이지 않는다. 우린 얼마나 많은 시간을, 나 자신에게 되뇌었다, 사랑하는 사이라는 명목하에 낭비하는지. 지난 몇 년 동안 난 기쁨에 사로잡혀 그녀라는 사람을 만들어 낸 것이었다. 수채화 물감으로 그럴싸한 그림을 그리듯 온몸으로 즐기면서 말이다. 저쪽 방에는 내가 만들어 낸 사람이 낳은 한 살 된 딸이 있었다. 생각만으로도 비극적이었지만, 왠지 우습기도 했다. 역시 난 인간 삶의 밝은 측면을 바라보는 축에 속했다.

나디아가 나한테 얼마나 독기 어린 말을 내뱉었는지, 그런 생각을 하니 갑자기 온몸의 피가 거꾸로 치솟으며 지진이 난 것처럼 내면이 온통 들썩였다. 머릿속에서 단어들이 출렁거리기 시작했다. 처음에는 속삭임으로, 다음에는 외침으로, 단어들이 순식간에 갈기갈기 찢어지며 음절들로 줄어들더니 사나운 동물처럼 으르렁거리기 시작했다. 나디아, 난 책도 읽고, 공부도 하는 교양 있는 사람이야. 내 사상을 표현하기 위한 대학의 학위 따위는 필요 없다고. 그러니 잘 들어, 오직 나만이 고분고분한 척하면서 실은 미쳤다는 게 뭔지 정의할 수 있어. 당신은 아니야. 당신은 늘 해왔던 대로 공부해야만 알 수 있겠지.—고집스럽고 쓸데없는 공부 말이야—당신의 피상적인 대수학 말인데, 공부 좀 더 해. 공부 좀 잘하라고. 그리고 무엇보다 상대방을 존중하는 법을 좀 배워. 내가 언제 내 딸이랑 놀아줘야 하는지, 언제 맘마를 먹여야 하는지, 언제 젖꼭지를 물리고, 강판에 간 사과랑 바나나를 먹여야 하는지 따위의 설교는 늘어놓지 마. 왜냐하면 난 누구의 명령도 따르지 않거든. 특히나 멍청한 목소리로 딸 얘기나 지껄이는 당신 같은 사람 말은. 엠마는 지극히 정상적인 아이야, 걔가 뭐란다고 그래? 당신한테 딱 한 번만 말하는데, 계속 그랬다간 수학과에서 당신을 내쫓은 것처럼 당신을 내 인생 밖으로 내쫓아 버릴 거야, 알겠어?

머릿속에 울려 퍼지는 독백을 끄집어내 외부적으로 소리를 질러야 할 순간이었다. 파편들, 조각들, 뭐라도 말이다.—그러고 싶다는 생각이 잠깐 들었다가 이내 멈췄다—나디아가 언제나처럼 서럽게 울면서 중얼거렸기 때문이었다. 내 팔

좀 가만 놔둬. 아프잖아. 깜짝 놀라서 정신을 차렸다. 나 때문에 다른 사람이 아파하는 건 참을 수 없었다. 바로 그녀의 팔을 놓아주고, 그녀의 눈물을 닦아주고, 그녀에게 미안하다고 하고, 그녀를 니그리텔라 루브라 라고 부르고, 내가 할 수 있는 온갖 우스운 짓거리들을 해 보였다. 그녀는 날 피하며 나더러 저리 가라고 했다. 그러더니 훌쩍거리며 내 품에 와서 안겼다. 기운이 쪽 빠지고 우울한 상태였다. 잠들기 전에 그녀가 내게 속삭였다.

"당신 엑스랑 다시 연락해?"

연락? 엑스?

"그만 자," 그녀에게 속삭였다.

그녀가 잠을 이루지 못하고 뒤척였다. 나한테 등을 돌린 채 중얼거렸다.

"당신 책상 위에 편지 놔뒀어."

테레사가 나에게 답장을 한 것이다. 나디아가 잠들길 기다렸다가, 그녀가 깰세라 살금살금 일어나 서재로 갔다. 드디어 그녀가 소식을 전해 온 것이다. 그러나 종이 위에는 물음표로 끝나는 글씨 몇 개가 전부였다. 왜, 무서워?

12

난 늘 완벽주의적인 성향을 지닌 사람이었다. 그 이유는 아마도 내 자신이 마음에 들지 않았기 때문일 것이다. 난 트집 잡히는 게 정말이지 싫었지만, 어떤 경우라도 누군가 나타나 그럴싸한 이유로 날 걸고넘어졌다. 나 자신이 전혀 만족스럽지 않았고, 책잡히지나 않을까 노심초사하며 성장기를 보냈다. 한편으로 난 활기찬 아이였고, 세상에 대해 호기심이 많은 명랑한 아이기도 했다. 하지만, 나의 그런 측면들은 아쉽게도 제대로 발휘된 적이 없었다. 난 자신이 맘에 들지 않았고, 맘에 들게 만들려고 시도해 본 적도 없었다. 그렇게 난 내가 원하는 나와 (완벽한 나를 말한다) 현실에 굴복하고 순응하는 나 사이에 자리 잡은 불균형에 차츰 익숙해졌다. 그 결과, 복종과 비판이 이어졌고, 난 미소를 띠고 자책하며 가볍게 웃어넘기는 법을 배워나갔다. 제가 실수했네요, 그렇다고 너무 과장하지는 맙시다. 비극이 일어난 건 아니잖아요. 하지만 실제로는 고역 그 자체였다. 사실 난 아무리 가벼운 거라도 가볍게 여기지 않았고, 그저 체제에 순응했을 뿐이었다. 어떤 경우에는—다행히도 그런 경우는 매우 드물었지만—내면이 무너져 버리는 일이 벌어지기도 했다.

6년 전에 그런 일이 한 번 있었다. 학기 말에 어렵사리 성적 처리를 마쳤는데, 동료 여선생 하나가 나한테 복사본을 실수했다고 말했다. 난 내가 뭘 틀렸는지조차 몰랐지만, 그녀는 내 앞에서 소리소리 지르며 당신 때문에 처음부터 다시 해야 한다고 생난리를 쳤다. 사실, 내 잘못이었다. 하지만, 그날따라 늘 해왔던 입으로만 사과하는 게임이 제대로 작동되지 않았다. 나 또한 이성을 잃고 소리치기 시작했다. 네, 내가 실수했고, 앞으로도 실수할 거예요. 왜냐면 난 제대로 할 줄 모르니까요. 왜냐면 난 이따위 일은 지긋지긋하니까요. 왜냐면 난 관심도 없으니까요. 왜냐면 어차피 난 잘 해내지 못할 거니까요. 왜냐면 난 당신들이 다 X 같아요. 당신들 전부 다 저 쓸데없는 종이 더미랑 같이 불타서 뒈져 버렸으면 좋겠어요. 하지만 고래고래 소리치는 동안 나의 목소리는 정말이지 부끄럽게도, 점차 기어들어 갔고, 결국 변성기 이전의 소년처럼 변해 버렸다. 두 눈에서 눈물이 줄줄 흘러내리고 있었다. 함께 있던 동료 선생님들 전부가, 심지어 날 공격했던 여선생마저 재빨리 목소리를 낮췄다. 중요한 게 아니야, 누군가 말했다, 아마도 모성애로 충만한 동료 선생님이었을 것이다, 다 고칠 수 있어. 선생님은 피곤하니까 우리가 하면 돼, 가서 담배나 한 대 피우고 와. 난 진짜로 그냥 내버려 두고 정원으로 가서 담배를 피웠다.

내가 그토록 화가 났던 건 그 여선생 때문만은 아니었다. 주어진 역할에 충실하지 못하고 부적절한 모습을 드러낸 나 자신 때문이었다. 아니, 이건 아니야, 난 실수를 참을 수 없었고, 실수로 인한 결과를 참을 수 없었다. 자신에 대해 변명을 늘어놓는 걸 참을 수 없었고, 내가 한 번도 완벽한 적이 없었고, 완벽해질 수도 없다는 사실을 인정해야만 한다는 걸

결코 참을 수 없었다.

　테레사와 헤어졌을 때만 해도, 내 인생에 거대한 야심 같은
건 절대 없으리라고 확신했다. 작은 삶에 작은 일들도 제대
로 못 하는 내가 큰 삶에 큰일들을 어떻게 해낼 수 있단 말인
가. 전기 기술자였던 나의 아버지는 존재론적으로 녹록지 않
은 삶을 살았다. 그는 오로지 나 하나를 훌륭한 사람으로 만
들고자 평생 뼈 빠지게 일했다. 어찌 보면 불쌍한 인간이었
다. 자신을 경멸하는 사람들에게 내가 본때를 보여주기만을
간절히 바랐다. 불치병에 걸렸을 적에 아버지는 이렇게 말했
다. 날 살려내야 한다, 피에트로, 난 두 눈을 똑똑히 뜨고 나
보다 잘났다고 떠들어대는 것들이 너한테 와서 굽실대는 꼴
을 봐야 한다. 하지만 그 인간의 거대한 희망은 나에게는 곧
독이 되었다. 난 자신에 대한 믿음이라고는 없었고, 변변찮
은 일들로 세월을 보냈다. 내가 그렇게 되리란 걸 아버지는
진작부터 알고 있었을 것이다. 나 또한 아버지가 그 사실을
똑똑이 알았으면 했다. 내가 열일곱 살도 안 되었던 시절에
일이었다. 아버지에게 반항하고 싶었던 난 아버지 사촌의 부
인과 잠자리를 했다. 내가 그렇게까지 했던 이유는 아버지
가 무엇보다도 불륜을 끔찍하게 여기는 사람이었기 때문이
었다. 그는 불륜을 저지른 사람이나 불륜에 응한 사람, 양쪽
모두를 저주했다. 난 아버지가 노여워하는 꼴을 보고 싶었고
제발 나한테서 과장된 관심을 거둬주길 바랐다. 당시 그는

날 경멸의 눈길로 쳐다보며 말했다. 내가 이런 개 같은 짓을 하는 아들을 낳았단 게 말이 돼? 난 울음을 터뜨리기 직전이었지만, 울지 않았다. 아버지 앞에서는 절대 울지 않았다. 말이 돼요, 아빠, 말이 된다고요.

하지만 이제는 어찌 된 일인지 모든 일이 아버지가 원했던 방향으로 흘러가고 있다. 내가 하는 일마다 잘 풀렸고, 늘 해 왔던 쓸모없는 사람이란 생각에서도 벗어났다. 어쩌면 이제 난 진짜 완벽한 사람이 되었는지도 모른다. 그러므로 내가 옳은 길을 향해 가고 있는 지금 같은 시기에 내 앞을 막아서는 건 누구든지 간에 도저히 참을 수 없었다. 나디아, 사랑으로 나의 전부를 재정비해 준 그녀가 이제 날 끌어내리고 싶어 하는 걸까? 테레사, 그녀 또한 나름대로 재정비가 필요한 사람이었다. 그녀는 날 괴롭히려고 보스턴에서 협박 편지를 써 보냈다. 왜, 무서워? 두 여자 중 누굴 더 걱정해야 하는 걸까?

나의 아내는 바로 맞대응할 수 있었지만, 테레사는 그렇지 않았다. 잠자는 나디아의 얼굴은 여전히 눈물로 얼룩져 있었다. 사랑스러운 척하는 평소의 모습을 서서히 되찾고 다시금 젊고 사랑스러운 여인이 될 것이다. 대학에서의 일자리를 잃었다는 실망감과 엄마로서의 수고와 근심이 있긴 했지만, 그녀는 여전히 나의 사랑으로 단련된 부드럽고 여성스럽고 매끈한 몸매를 지니고 있었다. 반면에 테레사는 오래전부터 날 사랑하지 않는다. 테레사는 순간적이고 동물적인 충동

을 발휘하는 사람이고, 나 또한 그녀로부터 그런 방법을 터
득했다. 테레사는 단지 지적인 유희를 즐기고 싶다는 이유만
으로 나한테 해를 끼칠 수도 있었다. 내가 잘 다스려야 할 사
람은 그녀였다.

　어느 날 오후, 나의 작은 방 안에서, 내가 모르는 땅에서 그
녀가 보낸 편지를, 어쩌면 내가 평생 가 보지 못할 땅에서 그
녀가 보낸 거의 흰색에 가까운 종이를 손에 들고 만지작거리
고 있을 때였다. 무언가 잘못 되어가고 있다는 느낌이 들었
다. 내가 나디아를 대할 때마다 얼마나 신경을 쓰는지, 그녀
의 본모습을 염두에 두고 신경을 건드리지 않으려고 얼마나
애를 쓰는지 생각해 보았다. 그러자 4년 만에 처음으로—그
리고 내 기억이 맞는다면 처음이자 마지막으로—실수였을지
도 모른다는 의심이 들었다. 아무래도 테레사와 그렇게 헤어
지는 게 아니었다. 서로의 실체를 정확히 알게 된 그 시점에
서 말이다. 물론 우리 둘만 아는 일이었지만, 기회가 닿는다
면 나나 그녀나 언제든 누설할 가능성이 없진 않았다. 나디
아에게 언제까지 나의 실체를 숨겨야 할지, 그런 일이 있었
단 걸 숨기고 살아야 할지 생각해 보았다. 우리의 관계와 우
리가 만들어 낸 가족을 지키려면 그래야만 했다. 테레사와의
문제로 더 이상 시간을 끌어서는 안 되겠다는 생각이 들었
다. 우린 서로에 대해 알아서는 안 될 것까지 아는 사이였다.
그러므로 더 이상 그녀에게 빙빙 돌려 말하는 건 곤란했다.

차라리 단도직입적으로 말하는 편이 백배 나았다.

난 지체하지 않고 그녀의 두 마디 말에 대답하는 일에 돌입했다. 왜, 무서워? 긴 편지 속에서 우리의 관계가 최고로 좋았던 시절을 추억하며 회상하는 데 많은 부분을 할애했다. 난 언제까지나 당신을 좋아하고, 당신의 위대함을 존경하노라고, 그러면서 여러 차례 반복적으로 다음과 같은 내용을 암시했다. 무섭다니, 테레사, 난 누구보다 널 잘 알아. 네가 날 믿는 것만큼 나도 널 믿어. 그런 뒤에 당연히 답장을 기대하지 않고 편지를 부쳤다. 서로의 본질을 잘 알고, 겉모습을 걱정하지 않았던 우리의 솔직한 관계가 얼마나 드물고 소중한 것이었는지 그녀가 알아주기만을 간절히 바랐다.

13

시간이 지남에 따라 내 책에 관한 사람들의 관심도 점차 줄어들었고, 이탈리아 곳곳을 돌아다니는 일도 적어졌다. 그런 상황이 싫지만은 않았다. 학생들을 가르치는 일에 집중했고, 엠마를 돌보는 데 시간을 보냈다. 무엇보다 아내에게 더욱 관심을 기울여야 한다는 사실을 깨달았다. 아무런 불만도 없이 평소의 삶으로 돌아온 나 자신이 그저 놀라울 따름이었다. 아내는 몹시 예민해져 있었고, 날 감시하려 드는 것 같기도 했다. 내가 무슨 생각을 하는지 나보다 한발 앞서서 미리 짐작하려는 사람처럼 행동하곤 했다.

"이번 주말에 아무 일도 없어?"

"응, 이제 오라는 데가 없어."

"그럼, 토요일에 엠마 데리고 우리 부모님 뵈러 갈까?"

"그러지 뭐."

"당신 우울해?"

"뭔 소리야."

"기분이 나빠지고 그래?"

"그렇진 않아."

내가 보기에 그녀는 내가 책을 냈다는 단순한 사실과 자신에게 벌어진 일에 신경을 쓰느라, 나의 상황이 얼마나 나아졌는지 잘 모르고 있는 듯했다. 어느덧 난 공식적인 인물이되어 있었고, 좁은 반경에서나마 어느 정도의 권위를 인정받고 있었다. 나의 발언은—나 자신조차 믿어지지 않았지만 자랑스럽게도—두 배, 아니, 세 배에 달하는 무게감을 지니게되었으며, 어떤 신문 기자는 학교에 대한 나의 의견을 묻기위해 전화를 걸어오기도 했다. 우아하고 교양이 넘치는—다른 세상에 사는—틸데도 거의 매일 나와 통화를 했다. 서로의아이디어를 교환했고, 나의 새로운 수필에 대한 가설을 세워보기도 했다. 이트로는 친절하게도, 2주에 한 번꼴로 전화를걸어왔고, 날 지지하는 교양 있는 소규모 청중들이 있으며,공교육에 대한 나의 사랑을 잊도록 내버려 두는 건 안타까운 일이란 사실을 일깨워 주었다.

　어쨌거나 난 잘 지내고 있었다. 이전에 없던 행복한 삶을 영위하고 있었다. 나디아가 왜 날 의심의 눈초리로 쳐다보고 가시 돋친 말을 하는지 도무지 이해할 수 없었다. 아니, 약간 거슬리기까지 했다. 대체 왜일까, 어느 날 난 아내가 엠마한테 화풀이하는 장면을 보며 큰 충격을 받았다. 그녀는 아이가 작은 숟가락으로 퍼먹던 접시를 내던지더니 문을 쾅 닫고 부엌 밖으로 나가 버렸다. 잘 지내지 못했던 건 내가 아닌 그녀였다. 그 상황을 지켜보던 난 그녀가 처절한 기분으로 나폴리에 다녀왔던 날의 기억을 떠올렸다. 다음날까지도 그녀는 울음을 멈추지 않았고, 학교와 딸도 안중에 없었다. 무엇보다 이상했던 건 그날 이후로 시간을 쪼개가며 공부하거나, 나폴리에 다녀오는 일이 사라졌다는 사실이었다.

　책을 둘러싼 북새통 때문에 내가 지나치게 정신을 빼앗겼던 걸까? 이제야 그 사실을 알아차렸다는 게 말이나 돼? 학생 시절에 선생님으로부터 주의가 산만하다는 말을 들었던 기억이 떠올랐다. 주의가 산만하다는 핑계가 끔찍이도 싫었고, 그런 건 경찰 진입에나 쓰는 말이란 기분이 들었다. 그 때문에 난 내가 가르치는 학생들을 산만하다고 여겼던 적이 없었다. 나한테 주의를 기울이지 않는다는 이유만으로 고함을 지르거나 주먹으로 교단을 내리친 적이 단 한 번도 없었다. 그런 학생들이 내 수업에 주의를 기울일 수 있도록 최대한 조심스럽고 부드러운 태도로 그들을 대했다. 아무리 산만한 아이라 할지라도 무언가에는 이끌리기 마련이었다. 사실 테레사는 내가 여태 가르쳤던 학생 중 누구보다도 주의가 산만했다. 우리가 사귀게 되었을 때 그녀는 날 좋아하게 된 이유에 대해 이렇게 고백했다. 당신의 지루하기 짝이 없는 수업을 듣게 만든 그 친절함에 반해서 그때부터 당신을 사랑하게 됐어. 난 그녀에게 이렇게 대답했다. 난 누군가 정신 차리라며 폭력적으로 등을 떠다미는 기분이었지. 사실 당시에 그녀는 며칠 동안이나 내 말에 사사건건 토를 달면서 날 괴롭혔었다.

책과 관련된 일에 정신이 팔린 나머지 나디아를 잊었다는 얘길 하다 보니 여기까지 오게 되었지만, 어쨌든 나의 무관심이 예의 없고 충격적인 행동이라는 생각이 들었다. 주의를 기울이지 못했던 나 자신에게 벌을 내리고 싶은 심정이었다. 그래, 다 내 잘못이야, 하지만 우리 사이에 확실한 선을 그은 건 나디아잖아, 대학에서 무슨 일이 있었는지 자기만 알고 있으려고 하니 말이야. 사실 나도 끈질기게 캐물었다고는 볼 수 없었다. 만일 나한테 꼬치꼬치 전부 말했더라면 상황은 다르게 흘러갔을 수도 있었다. 어느 일요일이었다. 점심을 먹고 난 뒤에 난 이제라도 상황을 수습하기로 마음먹었다. 그녀와 둘이 발코니에 나가 햇빛을 받으며 왜 공부를 그만뒀고, 왜 더 이상 교수를 찾아가지 않는지 집요하게 캐묻기 시작했다.

"이제 알았어?"

"이제라니? 그때 바로 알았어. 조심스러워서 말을 안 꺼냈던 거지. 당신이 당신 일이라고 했잖아."

"내 일 맞아."

"당신 일을 나도 좀 알면 안 될까?"

밤이 깊도록 당신 일, 내 일을 따지고 들다가 드디어 그녀를 설득하는 데 성공했다. 나한테는 당신 일이 아닌 내 일이란 건 없다. 그러므로 부당하거나 설사 나쁜 일일지라도 당신 또한 나한테 그래서는 안 된다. 결국 그녀는 포기하는 심정으로 무슨 일이 있었는지 힘겹게 털어놓았다. 마지막으로 교수님을 보러 갔던 때의 이야기였다. 그녀는 언제나처럼 복도에서 오래도록 지루하게 기다려야만 했다. 커다란 창문이 있었지만, 그녀의 눈에는 창밖 풍경이 들어오지 않았다. 그는 늘 앉아 있던 육중한 책상 뒤에서 평소와 달리 반갑게 그녀를 맞아주었다. 나디아는 그전부터 그 사람에 대해 나한테 수천 번도 넘게 이야기했었다. 무뚝뚝한 편이었고, 여학생과 남학생을 가리지 않고 잔인할 정도로 까발리기도 했지만, 어쨌든 아주 잘생기고, 아주 똑똑하고, 드물지만 칭찬할 줄도 알았다. (귀걸이나 머리카락이 멋지다면서 말이다) 그런 말을 들을 때마다 난 빈정거리곤 했다. 그래, 그 잘생긴 늙은이가 당신을 유혹하려나 보지. 그녀는 웃으며 나의 말에 응수했다. 잘생긴 늙은이가 못생기고 무례한 젊은이보다 낫지 뭘 그래. 그러면 난 그녀에게 내 눈으로 보았던 사람에 대해 이야기하곤 했다. 사실 난 전에 한번 그녀의 대학교에 따라가서 그 교수를 본 적이 있었다. 배가 불룩 튀어나오고, 뒤룩뒤룩 살찐 노인이었다. 툭 튀어나온 이마 위에 흰머리가 늘어져 있고, 새파란 눈은 퉁퉁 부은 얼굴에 뚫린 구멍 같았다. 기다란 코에, 쭉 찢어진 입술이며, 축 늘어진 볼이라니. 난 그녀의 지나친 편애를 이렇게 놀려대곤 했다. 나 정도 되는 사람이랑 사는 당신이—운 좋은 여자 같으니—그따위 영감탱이를 맘에 들어 한다는 게 말이나 돼. 어쨌든, 그녀는 언제나처럼 수줍어하며 겁에 질려서 연구실 안으로 들어갔다. 변덕이 심한 노인네였던지라 기분 좋을 때가 드물었지만, 그날만큼은 이상하게도 그녀를 친절하게 맞아주며 큰소리로 이렇게 말했다. 자, 귀여운 아이가 뭘 가져왔는지 어디 한번 볼까, 나디아는 드디어 자신이 인정받았노라고 느꼈다. 학교와 엠마와 나를 돌보느라 지친 가운데 어렵사리 해낸 적은 분량의 페이지를 꺼내서 책상 한편에 올려놓으며 중얼거렸다. 큰 성과는 없었어요. 그러나 이내 소심한 투로 그런 말을 한 걸 후회하며 과제를 손에 집어 들고 그에게 건네주었다. 그가 얼핏 흥미를 보이는 듯했다. 이리 와 봐. 그가 처음으로 그녀에게 반말을 썼다. 같이 한번 읽어보자고, 그가 손을 들어 그녀에게 오라고 손짓하더니 손가락 끝으로 자기 다리를 가리켰다. 나디아는 교수가 자기 무릎 위에 와서 앉으라는 상황을 바로 눈치채지 못했다. 혼란에 빠진 그녀가 가까이 다가가 함께 과제를 읽으려고 하자, 교수가 한쪽 팔로 그녀의 허리를 감싸 안았다. 그녀의 몸이 한쪽으로 기우뚱하며, 그녀는 선 채로, 그는 앉은 채로, 중심을 잡으려는 듯 서로의 가슴과 엉덩이에 기댔다. 갑자기 나디아가 큰소리로 웃음을 터뜨렸다. 기분 나쁜 소리로 계속 웃으며 그의 팔에서 빠져나왔다. 그 늙은이도 웃으며 그녀에게 말했다. 어딜 도망가, 걱정 말고 이리 가까이 와. 그녀가 계속 웃으며 웅얼거렸다. 아니요, 교수님, 죄송해요, 전 급히 가봐야 해요. 책상 위에 과제를 남겨둔 채 그녀는 문틈으로 빠져나왔다.

나의 아내는 잠시 아무런 말도 없었다. 난 이야기가 거기서 끝났고, 곧이어 욕설이 뒤섞인 문장이 튀어나오겠거니 했다. 하지만 이내 나디아에게 있어서 그 늙은 남자의 꼴사나운 유혹은 곧 절망을 뜻한다는 사실을 깨달았다. 그처럼 이름난 학자이자 유명한 수학자가 자신의 연구실에서, 높은 지위를 이용해 꼴사나운 행동을 했다는 사실을 그녀는 좀처럼 믿을 수 없었다. 그런 일이 있고 나서 며칠 뒤에, 그녀는 대학교에 다시 가 보기로 마음먹었다. 노인네의 유혹보다는 자신의 서툰 계산이 적혀 있는 종이에 대한 권위 있는 인물의 평가가 더 중요했다. 그녀에게는 정말이지 최악의 순간이 다가오고 있었다. 언제나처럼 오랜 기다림 끝에 그녀는 연구실 문을 열었다. 연구실 안에는 알고 지내던 동갑내기 남자 조교 혼자 있었고, 그녀에게 미소를 지어 보였다. 바로 그 순간, 저만치에서 지독한 나폴리 사투리로 미친 듯이 소리치는 교수의 목소리가 들려왔다. 아따, 저 멍청한 계집애가 아직도 저기 있네. 꼴값 떨고 자빠졌네. 어이, 자네가 좀 처리해 주게나.

순간 난 결심했어, (나디아가 중얼거렸다) 만일 그 종이에 놀랄 만한 무언가가 있었더라면, 아마도 그는 자신이 저지른 멍청한 짓을 뉘우치고, 천재라도 발굴했다는 듯 날 받아들이고, 칭찬하고, 용기를 북돋아 주었을 거야. 하지만 그렇게 하지 않았고 소리만 질러댔어. 순간 난 내가 형편없단 걸 정확히 알 수 있었어. 그 사람이 오로지 그딴 생각으로 날 챙겨주고, 칭찬했단 걸 말이야. 향수 냄새 좋은데. 옷이 참 예뻐. 귀걸이가 멋져. 그 사람 칭찬을 들으면서 내가 정말 잘났고, 날 진짜 높게 평가하는 줄 알았어. 하지만 현실은 아니었어. 난 재능이 없는 거였어. 그나마 똑똑해서 최고점으로 대학을 졸업했던 거지. 딱 거기까지였어.

그날 밤 그리고 이어지는 며칠 동안 난 그녀가 그 돼지 같은 영감탱이한테 쓸데없이 시간을 빼앗겼다는 사실을 깨달을 수 있도록 온갖 노력을 기울였다. 그 신사는—난 그녀에게 이렇게 말했다—과학적인 지능을 가졌을지는 몰라도, 꽉 막힌 벽 안에 갇혀서 예쁘고 똑똑한 여자들 꽁무니나 졸졸 따라다니는 추잡한 늙은이야. 하지만 소용없었다. 오히려 그녀를 더 기분 나쁘게 만들 뿐이었다. 그녀의 교수는 세계적으로 유명한 수학자였고, 내가 모르는 것에 대해서는 입에 올리지 않는 편이 나았다. 결국 난 그녀에게 그냥 이렇게 말했다.

"얼마 뒤에 도끼로 어떤 놈 머리를 깨부쉈다는 남편 얘기를 신문에서 읽게 될 거야. 이 경우에 남편은 바로 나지."

"까불지 마."

"뭐, 도끼로 머리를 깨부수는 거?"

"그 사람에 대해서 그렇게 말하는 거. 만일 그 사람이 곤란해지면, 내가 제일 먼저 나서서 편을 들어줄 거야."

"뭔 소리야?"

"그렇다니까."

14

암울한 기분이었다. 나디아를 달래주려다 정작 어둠 속으로 빨려든 건 나였다. 나의 아내는 학구적인 에로스에 빠진 늙은 수학자를 탓하기는 고사하고, 오히려 죄책감을 느끼며 자신의 부족함을 질책했다. 난 그 사람도 아내, 자식들, 손주들, 추종자들이 있지 않느냐고 그녀에게 울부짖었다. 이탈리아에서 제일 유명하다는 수학자가 어떤 추잡한 짓을 저질렀는지 모두에게, 만천하에 알릴 필요가 있노라고. 순간, 자신이 저지른 추잡한 짓을 나디아가 떠벌리고 다니지는 않을까 벌벌 떠는 늙은 스승의 모습이 눈에 선했다. 그래, 누구보다 먼저 손주들이 할아버지가 얼마나 추잡한 사람인지 알아야 해. 솔직히 말하자면, 나 또한 수치와 부끄러움으로 인한 두려움이 얼마나 무서운 것인지 잘 알고 있었다. 나 자신에게 되뇌었다. 닥쳐, 네가 저지른 짓에 비하면 그 사람이 한 짓은 새 발의 피야. 네가 테레사한테 털어놓았던 거에 비하면 말이야. 만일 그녀가 지금 미국에서 돌아와서 나디아한테 그 얘기를 한다고 쳐봐. 틸데, 이트로, 너의 독자들 모두에게. 피에트로 발레가 어떤 사람인지 다들 아셨죠. 자, 이제 도끼로 머리를 깨부숩시다. 내가 암울해졌던 이유는 그 때문이었다. 죄책감을 느낄 정도로 너그러운 나디아의 눈을 쳐다보며 이야기하는 동안 난 잽싸게 나의 시커먼 어둠 속으로 도망쳤다. 목소리가 차츰 줄어들며 결국 소심한 투로 웅얼거렸다. 그 늙은 돼지를 구해주려고 당신 경력을 포기하는 건 너무하잖아. 하지만 나 또한 그 사람한테 너무하긴 마찬가지였다. 도끼라니, 머리를 깨부순다니, 지나친 말이었다.

그 순간부터, 서서히, 아내의 나쁜 경험은 우스꽝스러운 국면으로 접어들었다. 어쩌지, 잘 안 열리는 콩 통조림이 있어서 도끼를 한 자루 구해왔거든. 근데 그 X 같은 나으리 머리통을 날리고 싶네. 내가 그 늙은 수학자를 그렇게 부르자, 우린 둘 다 웃음을 터뜨렸다. 처음에는 내가 아주 많이 웃었고 아내는 조금 웃었지만, 가면 갈수록 아내가 많이 웃고 난 거의 웃지 않았다. 최악의 상황은 지나갔다는 확신이 들었다.

그렇게 우린 일요일 오후에 침대 속으로 기어들어 갔다.—엠마는 할머니 댁에 가 있었다—그녀가 날 꼭 끌어안으며 귓가에 대고 속삭였다. 당장 내 안으로 들어와 봐, 잘될 것 같아. 난 그녀가 무슨 말을 하는지 바로 알아챘고, 기쁜 마음으로 그녀의 말에 순종했다. 그리고 다음 달에 그녀는 아기를 가졌다. 열정적인 임신 기간이 지나고, 세르지오가 태어났다.

하지만 나디아는 거기서 멈추지 않았다. 두 번째 임신 기간 동안 영어와 스페인어를 공부하기 시작했다. 대수학에 대해서는 더 이상 말도 꺼내지 않았고, 대신 원어로 소설을 읽는답시고 안간힘을 썼다. 나한테 말할 적에도 이탈리아어와 약간의 외국어를 섞어서 쓰곤 했다. 다음과 같은 문장을 읊조리면서 말이다. 임신은 진짜 근사한 일이야, 프레그넌트, 엠바라차다.

어느 날 저녁에는 깔깔 웃으며 내 귀에 대고 이렇게 속삭이기도 했다. 콘돔 저리 치워. 세 번째로 날 놀라게 해 줘. 날 임신시켜 보라고. 내가 어리둥절해하며 물었다. 농담이야 진담이야? 그녀의 말은 농담이 아니었다. 펠린냐 언덕의 여성들이 강요된 삶의 굴레를 벗어던지려는 절차를 밟았던 반면, 나디아는 과도한 수학 숙제를 내주듯 나한테서 많은 후손을 얻길 바랐다. 난 흔쾌히 그녀를 기쁘게 해 주었다. 아기를 갖는 일이 그녀를 활기차게 만들고, 기운을 북돋아 주는 것 같았기 때문이었다. 그러나 셋째 때는 일이 잘 풀리지 않았다. 분만도 쉽지 않았고, 고만고만한 아이 셋을 키우는 것도 보통 일이 아니었다. 막내아들 에르네스토는 우량아로 태어났지만, 몸이 약한 데다 늘 칭얼거리는 아이였다. 그녀는 더 이상 책을 들여다보지 않았다. 언어 공부도 집어치웠다. 그리고 이제 나한테 늘 이렇게 묻는다. 잘 체크했지? 콘돔 안 찢어진 거 확실하지?

15

요 몇 년 사이에 잡지와 학교 관련 책자에 내가 쓴 칼럼들이 실렸다. 드물긴 했지만, 유명한 일간 신문에 칼럼을 기고하기도 했다. 반응은 하나같이 매우 호의적이었다. 내가 성공했다는 사실이 그저 놀랍기만 했던 난 왜 놀라워하는지 이유를 따져보기 시작했다. 틸데, 이트로, 나디아를 비롯해 어느새 날 믿고 지지하는 청중들도 생겨났는데 말이다.

나의 대답을 이랬다. 서른이 되기 전까지 난 또래에 비해 특출나다고 할 만한 무언가를 이뤄낸 적이 없었다. 학교에서는 초등학교 1학년 때부터 지극히 정상적인 범주에서 벗어난 적이 없었다. 대학에 다닐 적에는 교수님 중 한 분도 날눈여겨보지 않았고, 중간 정도의 성적으로 학사 학위를 받았다. 교사가 되는 데 필요한 몇몇 주요 과목들을 공부했고, 지루하기 짝이 없는 임용 고시에 턱걸이로 합격했다. 그렇다, 수년 전부터 난 내가 훌륭한 교사라고 생각해 왔는데, 그건 내가 제대로 아는 게 없었기 때문이었다. 그러기에 난 매일 열심히 공부했고, 학생들의 숙제를 제때제때 봐줬고, 늘 준비된 자세와 좋은 기분으로 학생들 앞에 섰다. 어쨌든 내 인생에 있어서, 나의 타고난 불만족을 누그러뜨릴 만한 일은 지금까지 단 한 번도 일어나지 않았다.

그러므로 지금처럼 모든 일이 착착 되어가고, 내가 하는 일이 인정받는 데 대한 기쁨을 느끼면서도 난 나 자신을 틸데, 이트로 교수, 나디아, 그리고 누구보다 테레사와 비교하려 들고 있었다. 그 사람들에 비하면 난 아무것도 아니야. 알량한 교육으로 기껏해야 먼지만 살짝 털어낸 형편없는 두뇌의 소유자일 뿐이지. 뒷받침해 줄 전통이라고는 없는 철부지 교양인, 과장된 목소리와 어법으로 주절거릴 줄만 알았지, 세련미라고는 털끝만치도 없잖아. 그런 태도는 교양이 전통처럼 대대로 내려오는 집안에서 자란 사람이나 자연스럽게 몸에 배는 거야. 그런 면에서 틸데는 정말이지 대단했다. 훌륭한 가정 교육에, 4개 국어를 할 줄 알았고, 여행을 다녔고, 교양이 넘치는 조상들로부터 물려받은 세련된 면모를 지니고 있었다. 이트로, 그는 진짜 근사한 인간이었다. 학교에 대해 모르는 게 없었고, 남들 앞에서 똑 부러지게 이야기할 줄 알

앉다. 그리고 나디아, 교장 선생님과 선생님 사이에서 태어난 딸, 수학은 A 플러스, 말도 안 되게 총명한 여자, 그녀야말로 늘 꿈꿔왔던 대학교수가 될 만한 자격이 충분한 여자였다. 그리고 테레사, 흠, 그녀야말로 대단한 두뇌의 소유자였다. 내가 그녀를 처음 알게 되었을 때 그녀는 열여섯 살이었다. 찢어지게 가난한 집안 출신이었지만, 어릴 적부터 눈에 띄는 아이였다. 학교에서는 늘 맨 뒷자리 창가에 앉아있었다. 그녀의 모든 단점과 과도함만 빼고 보면, 다른 학생들에 비해 천배 아니, 만 배는 더 뛰어났다. 아니, 내가 아는 모든 사람을 통틀어 가장 뛰어났다. 아마도 틸데보다, 이트로보다, 나디아보다 더, 나는 말할 가치조차 없었다. 그런 생각들이 머리에 맴돌자, 공식적인 나의 이미지가 점차 내가 느끼는 진정한 나의 모습으로 가지치기를 시작했다. 변두리 고등학교 선생, 곤궁한 가장, 열심히 하는 척만 하는 정신머리라고는 없는 남편, 아니, 내가 남편 노릇을 제대로 한 적이 있기는 했나 싶었다.

어쨌든 난 학교에 관한 생각을 한층 발전시킨 새 책을 쓰는 일에 돌입했다. 학교는 이제껏 본연의 기능에 충실했던 적이 없다. 학교는 서로 다른 학생들이 전부 똑같다는 눈속임 하에 모두에게 같은 분량의 지식을 전달하는 위선의 온상이다. 모두에게 질적으로 똑같은 교육을 베푸는 일은 교실에서뿐만 아니라, 가족, 사회, 지식의 순위, 종교, 생산 수단의 소유,

모든 면에서 혼란을 초래한다. 공교육은 확실히 실패했으며 그로 인해 핵전쟁보다 무서운 돌이킬 수 없는 피해가 발생하게 될 것이다. 학교는, 마지막으로 난 이렇게 결론을 내렸다, 모두에게 적합하도록 재고려되어야만 한다. 절대적으로 모두에게, 그리고 특별히 선생님들에게, 기회가 찾아오면 실현할 수 있는 예외적이고 특별한 꿈을 펼칠 수 있는 수단을 공급해 주어야만 한다.

책을 쓰는 동안에도 학교 수업, 나디나의 임신, 틸데와 이트로와의 회의로 분주했기에 정신을 바짝 차려야만 했다. 나디나의 임신과 더불어 나 또한 피로에 지친 시간을 보내는 동안 그나마 즐거웠던 건 틸데와 이트로 교수가 배우자를 데리고 우리 집에 놀러 오는 일이었다. 다들 엠마와 친해졌고, 아내와는 친구 사이가 되었다. 종종 집 근처 골목들을 산책하기도 했고, 정원을 구경하고, 나무를 들여다보고, 미네랄이 풍부한 샘물을 마시기도 했다. 손님들은 당연히 흥분을 감추지 못했다. 공기가 너무 좋아. 향기 좀 맡아봐. 진짜 잘 먹었어. 케이크가 너무 맛있어. 그러나 이트로는 끝에 가서 늘 이런 말을 덧붙였다. 자네만 좋다면, 시내에 있는 학교에 자리를 알아봐 줄 수도 있어. 그리고 기품 있는 신사답게 예의를 갖추며 나디아에게 말했다. 나디아, 당신이 정원이 딸린 집을 좋아한단 걸 알아요, 하지만 당신은 정말 능력 있는 여자예요. 당신 남편은 말할 것도 없고 말이죠. 여기보다 중심부에 있는 아파트를 찾아보도록 해요.

　나의 아내는 고개를 내저었다. 이트로가 늘 자신에게 똑똑하다고 칭찬하는 건 기분 좋은 일이었지만, 그가 엠마의 미래를 물고 늘어지는 건 짜증 나는 일이었다. 이렇게 대단한 아이를 어쩌려고들 그래. 다행히, 아브루초에 할아버지 할머니가 계시긴 하지만, 그래도 최고의 환경에서 자라게 해줘야지. 나디아는 아무런 대답도 하지 않았고, 이트로는 이트로대로 훈수를 두길 멈추지 않았다. 그가 다녀간 뒤로 며칠 동안 아내는 생각에 잠긴 듯했다. 굳이 말로 표현하지 않아도 난 그녀가 무슨 생각을 하는지 짐작할 수 있었다. 예를 들면 지나가는 말로 이렇게 내뱉는 식이었다. 만일 내가 프라톨라 펠린냐에서 태어나지 않고, 로마 시내에서 자랐더라면, 지금쯤 대학에서 학생들을 가르치고 있을까? 내가 대꾸했다. 무슨 소리야, 이트로가 그런 뜻으로 말한 건 아니잖아. 프라톨라 펠린냐가 얼마나 멋진 곳인데, 몬테사크로도 못지않아. 그냥 이트로 본인의 생각일 뿐이야. 학교랑 집이 가까운 걸 좋아해서 늘 시내에서만 산 사람이야. 우릴 너무 좋아해서 가까운 데 살면서 자주 보고 싶나 보지.

　아내가 에르네스토를 가졌을 적에 한번은, 그녀가 또다시 자신의 부족함을 탓하며 자책하는 걸 막느라, 중대한 실수를 저지른 적도 있었다. 그녀는 늘 입에 밴 불평을 주절거리고 있었다. 전부 다 내 실수야. 우리 자식들한테 최선의 기회를 줘야 하는 게 아닌지 모르겠어. 엠마와 세르지오가 커가는 모습을 보며 그녀는 자신이 뭔가 잘못하고 있다고 느꼈다. 내가 이렇게 말했다. 뭔 소리야, 테레사를 봐. 당신도 기억나지, 변두리에서 나고 자랐잖아. 부모들은 쪼그만 카페를 한답시고 닫는 날이 더 많았어. 못 배운 사람들이야. 심지어 국어 선생으로 나 같은 사람을 만났으니, 불쌍한 아이 같으니, 하지만 지금은 MIT에서 일한다잖아.

"테레사가 당신 엑스 맞지?"

"엑스라니, 뭔 소리야. 얼마나 오래전인데, 얼굴도 까먹었어."

아내가 꽥하고 소리를 질렀다.

"그 여자한테나 가. 미국에 가 버리라고. 당신은 잘났으니까, 거기서도 대단한 일을 하겠지."

시간과 더불어 모든 게 자연스럽게 지나갔다. 그녀는 나의 경우 없는 문장을 잊어버린 듯했다. 틸데가 나의 새 책의 출간에 맞춰 유명한 주간지 기자와 인터뷰 일정을 잡았다. 그런 일은 처음이었다. 전에는 전화로 짧은 대화를 나누는 게 고작이었고, 나보다 훨씬 수준 높은 사람들 열 명의 의견 아래 나의 발언은 두 줄 정도 실리는 게 전부였다. 하지만 이번에는 오직 나와의 인터뷰를 진행하기 위해 로마에 있는 출판사 사무실로 기자가 찾아왔는데, 당시에는 제법 유명한 사람이었다. (유명세는 쉽게 사라지기도 한다) 나한테 엄청나게 많은 질문을 했고, 내가 한 시간 반 동안이나 떠들도록 내버려 뒀다. 그런 뒤에 틸데와 몇 마디를 나누고 가 버렸다. 그녀가 환한 표정으로 날 껴안으며 입술에서 불과 1cm 떨어진 지점에 대고 뽀뽀를 해댔다.

"당신이 해냈어."

"아니야."

"맞아, 당신이 입을 여는 순간 어떤 효과가 나타나는지 몰라서 그래."

"순전히 연습한 결과야. 매일 수업한 지가 벌써 몇 년쨀데."

"아니, 아니지, 아니야. 내가 당신을 챙겨야겠어. 당신이 누군지 가르쳐줘야 해. 문제는 당신이 그걸 모른다는 거야."

"잘 알고 있어. 난 전쟁 이후 최악의 학교가 만들어 낸 결과물이야. 얼마 전부터 공화국의 탈을 쓰고 있지만, 학교는 사실 파시스트지. 그렇게 많은 숫자의 아이들한테 질 좋은 교육을 하라니."

"그만하시지, 인터뷰는 끝났어."

"기사가 언제 나오는데?"

"모르겠어. 밀라노 북토크 전이었으면 좋겠는데."

밀라노 북토크까지는 충분한 시간이 있었다. 학기가 끝나갈 무렵이라 자질구레한 일들로 바빴던 난 인터뷰에 대해 생각할 겨를이 없었다. 그러는 동안 내 책이 서점에 모습을 드러냈고, 난 너무 성급하게 쓴 게 아닌가 하는 걱정에 시달렸다. 나를 지지하는 사람들 모두가 입을 모아 우리가 속았다는 데 합의를 보고, 그중 중요한 인물이 분노하며 다음과 같은 글을 쓴다면, 이전에 보았던 아름다운 이탈리아어는 자취를 감춰 버렸다는 둥, 뻔한 주제라는 둥, 계속 질질 끌기나 한다는 둥, 우리의 학교가 그런 사람 손아귀에 있다는 둥, 기타 등등.

어느 날 오후에 난 몹시 피곤한 상태로 집에 돌아왔다. 출산을 앞둔 나디아가 산만한 배를 내밀고 세르지오에게 고래고래 소리치고 있었다. 고작 두 살 먹은 아이를 상대로 어른과 싸우듯이 말이다.

"가서 좀 쉬어. 이제 내가 할게. 당신 피곤해 보여."

"내가 피곤한 거랑 당신이랑 뭔 X 같은 상관이야?"

이제까지 들어보지 못한 표현이었다. 깜짝 놀란 내가 목소리를 낮추며 말했다.

"가서 좀 누워, 어서."

"당신이나 누워. 당신은 일하고 왔으니까 그럴 자격이 있어. 아님, 조용히 〈파노라마〉나 보든가."

아내가 날 쳐다보며 복도 끝에 있는 부엌 쪽을 가리켰다. 엠마가 식탁 의자 위에 무릎을 대고 앉아 있었다. 가까이 가서 보니 아이는 주간지를 펼쳐 보고 있었다. 아니, 페이지 한가운데 큼지막하게 실린 내 사진을 들여다보고 있었다. 난 걱정을 억누르며 나디아에게 물었다.

"어떻게 나왔어?"

복도 반대편 끝에서 세르지오를 다그치던 그녀가 나한테 화풀이하지는 않을까 불안했다. 그녀가 말끝을 살짝 흐렸다.

"정말 멋져."

"정말?"

"내가 거짓말하는 거 봤어? 기사가 제법 길더라. 두 페이지씩이나 돼."

그녀의 말투가 영 귀에 거슬렸지만, 집안일, 학교, 두 아이와 뱃속에 머물 날이 얼마 남지 않은 셋째까지 챙겨야 하니 그러려니 했다. 난 아내에게 차분하게 말했다.

"나중에 읽을게. 세르지오, 아빠한테 와 봐."

"당장 읽어보시지 그래."

"나디아, 너무 흥분하지 마."

"당신 눈에는 내가 흥분한 걸로 보여? 엠마, 아빠한테 잡지 갖다줘."

엠마는 나의 사진을 매우 자랑스러워했다. 먼저 나한테 뽀뽀 세례를 퍼부었고, 다음으로는 내 사진이 실린 면에 뽀뽀를 하고 싶다며 잡지를 손에서 놓지 않았다. 아이 손에서 주간지를 뺐는데 성공한 나는 아이를 무릎 위에 앉혀놓고 기사를 읽기 시작했다. 근사한 제목이었다. 내 기억으로는 부활인지 뭔지 하는 제목이었다. 내 책이—요점만 읽은 바에 따르면—모두가 확실히 안다는 식으로 얘기하지만, 정작 아무도 신경 쓰지 않는 교육에 대한 논의에 새로운 생명을 불어넣었다고 했다. 칭찬 일색의 장황한 글이긴 했지만, 몇몇 짧은 글귀들은 내가 그런 말을 했다는 게 믿어지지 않을 정도로 호소력이 있었다. 나라는 사람을 잘 드러낸 진실한 인터뷰였다. 기자는 어떤 질문이든 나에게서 우아한 문장의 답변을 끌어냈다.

가슴이 벅차올랐고, 감동적이었다. 한 시간 반에 걸친 정리되지 않은 대화가 그토록 지적이고 세련된 결과물을 만들어내리라고는 미처 생각지 못했다. 세르지오를 꾸짖는 나디아의 목소리가 더 이상 들리지 않았다. 아내가 부엌 문지방에 다가온 다음에야 난 정신을 차릴 수 있었다. 눈을 들고 보니 그녀는 얼핏 아픈 사람처럼 보였다. 누렇게 뜬 얼굴에 발목은 퉁퉁 부어 있었고, 커다란 배에 옷은 한쪽으로 쏠려 있었다. 엄마의 관심을 끌려는 아들내미가 엄마 치맛자락을 붙들고 서 있었다. 난 생각했다. 왜 저렇게 기분 나빠하는 거지? 난 그녀의 남편이고, 아이들 아빤데. 내가 잘되면 좋은 거잖아. 내가 잘될수록 그녀는 물론이고 엠마, 세르지오, 태어날 아기도 팔자가 필 텐데.

"뭐, 글쎄,"

내가 미간을 찌푸리며 짜증스러운 표정을 지어 보였다.

"이리 와서 앉아 봐. 당신 의견이 궁금해."

"다 읽었어?"

"응, 내가 보기에는 이만하면 괜찮은 것 같은데."

"당신 자신이 맘에 들어?"

"조금은."

"그다음 페이지 넘겨봤어? 얼마나 근사한 한 쌍인지 들여다봤냐고?"

뭔 페이지, 그녀의 말을 이해하지 못했던 내가 중얼거렸다. 엄마의 말을 알아들은 엠마가 잽싸게 페이지를 뒤로 넘겼다. 나의 인터뷰에 이어지는 또 다른 사람의 인터뷰가 있었다. 나보다 사진이 훨씬 더 컸다. 보자마자 테레사란 걸 알았다. 순간, 나디아가 명령조로 말했다. 엠마, 엄마한테 와. 아빠 할 일이 있대. 그녀의 목소리가 어찌나 분노로 부글부글 끓었던지 아이는 곧바로 내 무릎에서 내려와 엄마를 따라 동생한테로 갔다. 세 사람, 아니 네 사람 사이에 벌어진 지진으로부터 몸을 피하려는 듯이.

16

며칠 후에 나디아는 셋째 아들 에르네스토를 낳았다. 앞서 말했듯이 분만은 임신 못지않게 힘들었다. 난 모든 일정을 취소했고, 무엇보다 테레사의 인터뷰 끝자락에서 읽었던 공지 사항을 잊으려 애를 썼다. 그녀가 로마에 있는 한 대학에서 정확히 아흐레 뒤 아침 10시에 생소한 주제로 강연한다는 내용이었다. 아내는 내가 그녀를 만나러 달려가고 싶어서 죽을 지경이라고 믿어 의심치 않을 게 분명했다. 괜한 불똥이 튀기 전에 무슨 수를 써서라도 아내를 안심시켜야만 했다. 고된 출산을 마친 아내는 건강 상태가 매우 나빴기에 아내도, 그리고 나도 그 세미나에 대해 생각할 겨를이 없었다. 적어도 내가 생각하기에는 그랬다. 한편으로 아내가 그토록 고통스럽게 에르네스토를 낳은 이유는, 내가 테레사의 지적인 수다를 들으러 가는 걸 도저히 참을 수 없단 사실을 온몸으로 표출한 게 아닌가 싶기도 했다.

당연히 난 나의 엑스 학생이자 연인을 보러 가는 일이 두려움 때문이라는 사실을 아내에게 설명할 길이 없었다. 테레사가 날 겁을 줬고, 되도록 빨리 그녀를 만나 마음의 상태를 진정시킬 필요가 있단 사실은 더더욱 설명하는 게 불가능했다. 다음으로 난 그럴싸한 거짓말들을 꾸며내기 시작했지만, 그중 하나라도 먹혀들 만한 게 없었다. 대학에서 세미나가 열리던 바로 그날, 나디아와 아기는 병원에서 퇴원했다. 한 가족의 아버지였던 난 아내와 아들을 집으로 모셔가는 책임을 다해야만 했다. 프라톨라에서 온 빠릿빠릿한 장모님도 계셨지만 말이다. 고통스러워하는 나의 배우자에게서 잠시도 눈을 뗄 수 없었고, 아이들도 돌보아야만 했다. 큰아이들 둘은 못난 얼굴로 쉬지 않고 꼼지락거리는 셋째가 영 밉상이라는 눈치였다.

　상황을 한층 복잡하게 만들었던 건 무엇보다 나 스스로에 대한 불쾌감이었다. 나디아와 아이 셋을 위해 기꺼이 희생하는 체했지만, 한편으로 테레사를 다시 만나 우리의 관계를 돈독히 하고 안심할 기회를 놓친 거라는 생각에 조바심이 들기도 했다. 정말이지 마음에 갈피를 잡을 수 없었지만, 어쨌든 난 잘 해냈다. 마음만 먹었다면 로마에 머물렀던 테레사와 연락을 취하는 일은 그리 어렵지 않을 것이다. 그럼에도 난 할 수 있는 최선을 다해 나디아를 보살펴 주었다. 상태가 한결 나아진 아내는 일주일 뒤에 밀라노에서 열리는 북토크에 가지 말라며 나한테 생떼를 부렸다. 자기가 따라갈 수 없으니 나도 가지 말라며 헛소리를 했다. 아내는 몹시 힘들어하고 있었고, 내가 곁에서 집안일을 거들어 주길 바랐을 것이다. 하지만 나 또한 그녀가 고통스러워하는 모습을 바라보는 일이 쉽지만은 않았다. 아내는 육체적으로 고통스러워했으며, 포기와 실패와 상실로 인한 수많은 생각들 때문에 고통스러워했다. 자신이 원해서 나한테 명령을 내리다시피 했지만, 부지불식간에 무거운 짐이 되어버린 세 아이로 인해 고통스러워했다. 아이들의 존재는 말 그대로 무거운 물체, 옷장, 바위, 고층 건물 같은 무거운 짐이었다. 그녀는 했던 말을 하고 또 했다. 당신이랑 같이 갈 수 없어서 얼마나 마음이 아픈지 몰라. 난 아내의 기분을 북돋아 주려고 활기차게 말했다. 틸데가 또 어떤 우아한 옷을 샀을지 궁금하네. 그러자 아내가 중얼거렸다. 틸데가 당신 책에 관해 이야기하는 걸 들을 수 있다면 얼마나 좋을까. 늘 깊게 파고들잖아. 아내는 북토크 자리에 입고 가려고 준비해 놓은 옷과 신발까지 꺼내서 나한테 보여줬다. 그런 뒤에 여기저기 쑤시는 몸으로 어기적거리며 내 여행 가방을 챙겨주었다. 난 드디어 해방되었다는 기분에 젖어 집을 나섰다.

17

대형 세단 안에서 기다리고 있던 틸데가 밀라노까지 운전해서 날 데려가 주었다. 운전하길 원체 좋아했던 그녀는 전혀 힘든 기색이라고는 없었다. 중간에 두세 번 쉬면서 간단한 음식을 먹었고, 화장실에 다녀왔고, 기름을 넣었다. 나머지 시간 동안 우리는 차 안이나 저녁 식사 자리 그리고 호텔에서 그랬던 것처럼 잠시도 쉬지 않고 수다를 떨었다.

우린 그야말로 온갖 것들에 관해 이야기했다. 그녀는 어떤 주제라도 통찰력 있고, 명쾌하고, 우아하게 풀어내는 비상한 재주가 있었다. 주제에 관계 없이 늘 열린 마음으로 자연스럽게 이야기하다 보니 때로 지나치다 싶기도 했고, 직설적이라는 느낌이 들 때도 있었다. 얼마 전부터 우린 섹스에 관한 이야기도 스스럼없이 나누게 되었다. 그녀가 매우 좋아하는 주제였기에 유쾌한 대화를 이어갈 수 있었다. 그렇게 쉴 새 없이 이야기를 나누다 보니 어느새 내가 그녀에 대한 모든 걸 다 안다는 듯한 기분이 들었다. 대개는 저녁 식사가 끝난 뒤에도 대화를 멈추지 않았고, 차 한 잔을 마시거나 독한 술을 홀짝거리며 수다를 떨곤 했다. 말장난을 계속하다가 날이 밝아서야 각자의 방으로 돌아갈 때도 있었다.

밀라노에서의 첫날밤도 마찬가지였다. 밤 10시 정도에 도착해서 집에 전화를 걸었다. 집에 아무 일도 없다는 걸 확인하자마자, 호텔 근처 식당에서 날 기다리고 있던 틸데에게 달려갔다. 오는 동안 내내 수다를 떨었던 것만으로는 부족했던지 그녀와 나는 웃고, 떠들고, 농담을 주고받았다. 각자의 방에 들어가서 쉬기 전에 내가 그녀에게 바짝 다가가 말했다.

"이제 난 당신의 육체적인 반응, 성감대, 특이 사항까지 전부 다 알아. 한 5년은 당신이랑 같이 잔 것 같아."

그녀가 대답했다.

"늘 더 배울 게 있는 법이야."

"뭐, 그럴 수도 있겠지."

그녀의 말에 맞장구를 치며 잘 자라고 말했다. 그리고 지칠 대로 지쳐서 방으로 들어갔다. 잠시 후에 그녀가 내 방문을 두드렸다.

"그러고 싶어?"

"뭘."

"더 배우고 싶냐고."

"물론이지."

"지금?"

하마터면 나도 좋다는 말이 튀어나올 뻔했다. 그러나 작은 침대에서 잠든 고만고만한 아이들의 모습이 떠올랐다. 나디아는 성질이 고약한 갓난 에르네스토를 달래느라 한숨도 자지 못하고 있을 것이다.

"로마에서 운전하고 오느라 피곤하겠다, 내일은 나아질 거야."

"그래, 당신 말이 맞아, 편히 쉬어."

하지만 좀처럼 잠이 오지 않았다. 그때까지 난 한 번도 나디아를 놔두고 바람을 피운 적이 없었다. 내가 원한다면 그럴 수도 있다는 생각조차 해 본 적이 없었다. 나라는 존재가 활기차게 뻗어나가던 시기였던지라, 나 자신이 퍽 괜찮은 사람이라는 교만함이 고개를 쳐들 때도 있긴 했다. 틸데가 끊임없이 그런 생각을 불어넣어 주기도 했다. 만일 내가 슬슬 대화를 그런 쪽으로 이끈다면, 유혹을 불러일으키는 문장들이 성관계로 귀결될 가능성은 매우 높았다. 한마디로 그녀와 난 갈 때까지 갈 수도 있었다. 하지만, 어쨌든 그럴 필요는 없다는 생각이 들었다. 나 자신이 무언가를 이룩해 나간다는 게 너무나 좋았고, 괜히 엉뚱한 짓에 휘말려 일을 그르치고 싶지 않았다. 과거에 내 삶을 지배했던 무익한 구속이라든지 사소하고 순간적인 쾌락 때문에 말이다.

테레사와 함께 지낼 적에는 기회만 있으면 바람을 피우곤 했었다. 그녀가 자신에게 조금이라도 관심을 보이는 남자만 나타나면 바람을 피웠단 사실을 알고 나서부터는 심지어 마음에 들지 않는 여자하고도 그런 짓을 했다. 하지만 틸데와 나와의 관계는 그러기에는 너무 진화되어 있었다. 무엇보다 내 눈에 비친 그녀는 지나치게 월등한, 내 인생이 제대로 굴러가도록 때에 따라 이끌어 주는 그런 존재였다. 내가 바랐던 나의 모습으로 환히 빛나도록 만들어 주는 친구이자, 조언자이자, 스승, 그러므로, 연인이 되지 말라는 법도 없었다.

아침이 되자, 마치 그녀와 밤새 사랑을 나눈 듯한 기분이었다. 몹시 피곤했고, 살짝 우울하기도 했다. 우린 언제나처럼 기분 좋게 함께 아침을 먹었다. 그녀는 공들여 화장했지만, 피곤한 기색이 역력했고, 눈빛은 왠지 불안해 보였다. 방에 돌아와 나디아에게 전화해 건강이 어떤지 묻고, 에르네스토, 엠마, 세르지오와 그녀를 도와주는 장모님의 안부를 물었다. 그런 다음 삼백 명의 학생과 열 명 정도 되는 선생님들이 대강당에 모여있는 학교로 향했다.

퍽 괜찮은 아침이었다. 책에 관해 이야기했고. 열 개 정도의 질문에 적절한 답변을 했다. 틸데는 곧이어 카톨릭 계통에서 유명한 선생님과 학교, 문화 및 스포츠를 담당하는 시의원과의 조찬 자리를 마련해 놓았다. 쉽지 않은 자리였다. 내가 제대로 아는 게 없는 변변찮은 사람이란 게 들통나지 않을까 걱정스러웠다. 하지만 홍보의 귀재였던 틸데 덕분에 별 탈 없이 마무리할 수 있었다. 바로 뒤에 택시를 잡아타고 한 노부인의 집으로 달려갔다. 틸데가 신이 나서 공주 작위를 지닌 분이라고 설명해 주었다. 프랑스 혁명이 일어난 지 200년이나 지난 시점에 고리타분한 왕자나 공주를 흠모하는 투로 말하는 그녀를 도무지 이해할 수 없었지만, 입 밖에 내지는 않았다. 난 그냥 나에게 주어진 중요한 과제에 집중하기로 했다. 집주인에게 최대한 좋은 인상을 풍기는 것, 틸데에게는 매우 자연스러운 일이었다. 귀족의 피가 흐르는 노부인은 나이를 구십이나 먹었지만, 활기차고, 유머 감각이 있는 사람이었다. 최근에 나온 내 책을 읽었고, 조만간 이전 책도 읽을 예정이라고 했다. 그녀는 마리아 몬테소리[2]의 생애와 업적에 대해 자세히 알고 있는 사람 중 하나였다. 영화 속에나 나올 법한 가구들과 카펫, 벽에 그림이 걸린 공간에서 우린 두어 시간에 걸쳐 디저트를 오물거리고, 홍차를 홀짝거리며 대화를 나눴다. 노부인은 미처 셀 수 없을 정도로 많은 살아있거나 죽은 유명 인사들의 성씨와 이름을 일일이 열거했다. 내가 인물들의 수수께끼를 잘 풀 수 있도록 틸데가 그때그때 적절한 힌트를 주었고, 노부인은 즐거워하며 그

2 몬테소리 교육을 주창한 이탈리아의 여성 교육자.

들에 대한 험담을 늘어놓았다. 누구는 경제 사정이 엉망진창이라는 둥 누구는 변태적인 성욕을 지녔다는 둥 하면서 말이다. 순진함과 잔혹함이 묘하게 뒤섞인 피상적인 말들이었다.

누구하고도 그렇게 오래 얘기한 적이 없는 분이야. 마침내 아파트를 벗어나자, 틸데가 말했다. 보통은 장관들이 찾아오더라도 5분 만에 되돌려보낸다고 했다. 당신은 재주가 있어, 진짜로. 당신은 사람을 편안하게 만들어. 그녀가 날 자랑스러워하며 띄워주는 말을 듣자, 순식간에 힘이 솟구치는 듯했고, 그 힘은 이내 그녀를 끌어당겨 꼭 안아주고 싶다는 욕망으로 변했다. 안 돼, 엘리베이터 문이 닫히자, 난 그녀의 손을 슬쩍 잡았다가 나오자마자 놓아주었다. 이상야릇한 분위기 속에서 우린 내 책에 관해 이야기해야 하는 서점에 조금 늦게 도착했다. 아무도 없으면 어쩌지, 내가 걱정스러운 투로 말했다. 틸데가 주위를 둘러보더니 웃으며 내 옆구리를 살짝 꼬집었다. 아무도 없으면, 그녀가 한쪽 눈을 찡긋해 보였다. 할 수 없지, 멋진 저녁이잖아. 날씨도 좋은데 둘이 나가서 산책이나 하지 뭐. 기다려 봐. 다들 올 거야.

그녀의 말마따나 작은 회의실은 사람들로 꽉 찼다. 내가 그런 자리에 있다는 사실이, 그녀 같은 여자가 내 곁에 있다는 사실이, 드디어 내가 나답다는 사실이 더없이 행복했다. 나의 아버지를 비롯해 허드렛일이나 하며 살았던 조상님들의 염원처럼, 난 두 권의 책을 쓴 엄연한 작가였다. 통상 지루하다고 여겨졌던 주제로 나와 이야기를 나누기 위해, 교양 있는 수많은 사람이 만사를 제쳐두고 이 자리에 와 있었다.

먼저 서점을 총괄하는 매니저의 인사말이 있었고, 곧이어 틸데의 짧고도 효과적인 소개의 말이 이어졌고, 드디어 내 차례가 되었다. 그 자리에 모인 사람들의 주의를 끌기 위해 난 자리에서 몸을 일으켰다. 사실 난 학교 교단에서도 앉아 있는 법이 없었다. 목청을 가다듬고 첫 문장을 내뱉으려는 찰나에 세상에나, 테레사가 보였다. 내가 가장 걱정했던 각본대로, 그녀가 그 자리에 와 있었다. 그녀에게서 절대 도망칠 수 없었다. 내가 어딜 가든 그녀는 내가 누구인지 상기시켜 줄 것이다. 내가 원할 때가 아닌 그녀가 원할 때만 말이다. 귀족의 피라고는 한 방울도 섞여 있지 않았고, 나이도 아직 젊었지만, 내 눈에 비친 그녀는 마치 구십 먹은 늙은 공주처럼 보였다.

수년이 지나 내 눈앞에 나타난 그녀 앞에서 난 여느 때보다 최선을 다했다. 내가 그녀의 선생이었던 시절처럼 말이다. 그녀는 교실 맨 구석, 창가 자리에 앉아있던 산만한 소녀였다. 청중들을 향해 이야기하는 것 같았지만, 실은 난 강연하는 내내 오직 그녀만을 향해 떠들고 있었다. 나의 모든 능력과 에너지를 총동원해 내가 새사람이 되었음을 그녀가 알아주길 바랐다. 그녀의 선생이었을 적에, 연인이었을 적에 한번도 받아보지 못했던 존경을 이제는 받아 마땅하단 걸 그녀

가 알아주기만을 간절히 바랐다. 난 거의 한 시간 동안이나
쉬지 않고 떠들어댔다. 멈추고 싶지 않았다. 계속 그녀의 눈
을 쳐다보았지만, 그녀는 고개를 끄덕이지 않았다. 하다못해
입가에 희미한 미소조차 없었다. 자신에게 되뇌었다. 시간을
끌어야 해. 그녀를 설득해야 해. 그녀를 감동시켜야 해. 그녀
를 웃게 만들어야 해. 어떤 방법으로든 한때 그랬듯이 그녀
의 마음을 녹여야 해. 소용없는 일이었다. 평생 처음 보는, 나
와 일면식도 없는 청중 한 사람이 보이는 반응조차 없었다.
테레사는 미처 자리를 잡지 못한 사람들 틈바구니에 낀 채 서
있었다. 그녀가 날 계속 주시하며 비꼬는 말을 내뱉을 것만
같았다. 결론을 지을 시간이었다. 서점 매니저가 청중들을
향해 질문이 있냐고 물었다. 테레사는 언제나처럼 제일 먼저
손을 치켜들 것이다. 수줍음이라고는 찾아볼 수 없는 아이였
다. 그녀가 뭐라고 할까. 분명 날 비웃는 말이겠지. 내가 얼마
나 형편없는 선생이었는지 몽땅 까발리겠지. 아, 생각만 해
도 끔찍했다. 틸데가 날 향해 그만 끝내라고 손짓할 때까지
말을 질질 끌었다. 말을 끝맺고 기운이 빠져 털썩 주저앉자,
청중석에서 우레와 같은 박수가 터져 나왔다.

"누구야,"

틸데가 귓속말로 속삭였다.

"누구라니."

"알면서, 오른쪽 맨 끝에 있는 여자. 한 시간 동안 그 여자

만 쳐다보면서 얘기했잖아.”

“뭔 소리야.”

“맞잖아.”

18

질문 시간이 돌아왔다. 처음에는 손을 드는 사람이 없었고, 다들 어색하게 땅만 쳐다보고 있었다. 청중 모두가 새내기 학생들 같았다. 첫째 줄에 앉아 있던 나이가 지긋한 선생님이 질문을 하자 뒤이어 질문들이 잇따랐다. 침착하게 질문에 대답하던 난 어느 순간 마음이 놓였다. 나의 예상과 달리 테레사는 질문할 의도가 없는 듯했다. 오히려 청중들 사이에서 몸을 숨기고 있었다. 자리에 앉은 내 눈에 그녀의 까맣고 풍성한 머리카락만 보였다.

　30분 정도 지나자, 서점 매니저가 시간 관계상 마지막 질문만 받겠다며 양해를 구했다. 불안에 사로잡힌 난 고개를 숙인 채 테이블만 응시했다. 나의 학교생활이 어땠느냐고 질문하는 여자 목소리가 들려왔다. 테레사는 아니었다. 한눈에 보아도 모범생이 분명한, 시내의 좋은 고등학교에 다니고 반에서 늘 일등을 도맡아 하게 생긴 여학생이었다. 안경이 콧등까지 흘러내렸다. 휴우, 겨우 위기를 모면했다.

　“최악이었어요.”

회의실 구석에 다시금 모습을 드러낸 테레사를 쳐다보며 내가 말했다.

"학교를 신뢰하지 않고 학교에 대해 부정적으로 말하는 선생님이 책을 쓰고, 강연을 하고, 총책을 맡고 하는 건 학교 덕이 아니던가요?"

내가 대답했다.

"맞아요."

질문을 던진 학생에게 좀 더 자세히 설명하고, 결론을 내릴 참이었다. '맞아요'라는 나의 대답이 끝나기가 무섭게, 어디선가 세찬 박수 소리가 들려왔다. 테레사였다. 그녀의 박수는 또 다른 박수로 이어졌고, 결국 나에게 질문했던 여학생까지도 박수를 보냈다. 길고 열광적인 박수갈채였다. 마치 청중들 모두가 나만큼이나 형편없는 학교생활을 했다는 사실을 박수로 선언하기라도 하듯.

강연이 끝나자, 회의실을 빠져나가려는 사람들이 출구에 몰렸다. 아직 안에 남아 있는 사람들과 테이블을 둘러싸고 책에 사인을 요청하는 사람들 사이를 두리번거리며 테레사를 찾아보았다. 용기가 없어서 미처 질문하지 못했던 사람들이 나의 눈을 쳐다보며 질문을 건네기도 했다. 쌍둥이처럼 똑 닮은 두 명의 우아한 여성이 나에게 다가와 학교에 다니지 않았거나, 학교생활이 엉망이었지만, 과학과 예술 분야에서 위대한 업적을 이룬 사람들의 명단을 죽 나열했다. 난 짐

짓 흥미로운 척하며 듣고 있었고, 다행히 틸데가 다가와 내 팔을 잡아당기며 날 밖으로 끌고 나갔다. 그녀가 내 귀에 대고 속삭였다. 오늘은 공식적인 저녁 식사 일정이 없어, 우리 둘뿐이야. 난 서점 측이랑 해결해야 할 문제가 있거든. 당신 먼저 호텔에 가 있어. 거기서 저녁 먹자.

  호텔은 아주 가까운 곳에 있었다. 가벼운 마음으로 밀라노의 여름 저녁 공기를 들이마셨다. 서점에서 열불을 냈던지라 머리가 몹시 지끈거렸다. 아무 생각 없이 지나가는 사람들을 물끄러미 쳐다보았다. 아직 토론을 벌이고 있는 한 무리의 교사들이 보였다. 테레사가 그렇게 가 버렸다는 게 다행스러웠던 반면, 한편으로 아쉽기도 했다. 이미 지나가 버린 일이었지만, 생각하면 할수록 신경이 쓰였다. 그녀와 이야기를 나눌 필요가 있긴 했지만, 사실 썩 내키지는 않았다. 그녀가 인터뷰에서 이야기했던 것처럼, 미국으로 다시 돌아간다면, 직접 만나서 이야기할 기회가 언제 다시 찾아올지 알 수 없었다. 뭐, 그렇다 한들 무슨 말을 한단 말인가. 글을 쓸 때는 문장들을 가다듬을 수 있지만 얼굴을 마주 보고 이야기하면 막말이 튀어나올 위험이 도사리고 있었다. 묻어두었던 것들을 또다시 끄집어낼 위험성이 있었다. 그래, 편지를 쓰자. 난 생각했다. 그게 낫겠어. 그렇게 하기로 마음을 먹은 순간, 길모퉁이 카페 앞에 서 있는 그녀가 보였다. 그녀와 아는 사이인 듯한, 강연을 듣던 청중들 사이에 있던 두세 명의 남자들과 함께였다.

　이름을 부를까도 생각했지만 이내 마음을 돌렸다. 보나 마나 날 비웃으며 귀찮게 여길 게 뻔했다. 실없는 나의 이야기를 들려주고, 날 웃음거리로 만들려고 동료인지 작업을 거는 남자들인지 모를 사람들을 북토크 자리에 데려왔을 것이다. 어쩌면 그들 또한 과학자들인지도 모른다. 미국인일 수도 있고 다른 국적일 수도 있다. 테레사는 외국어를 여러 개 할 줄 알지만, 난 라틴어와 그리스어, 나폴리 사투리 외에는 모른다. 얼핏 보기에도 그녀는 상당히 편안해 보였다. 늘씬한 몸매에 청바지와 셔츠를 걸쳐 입은 그녀는 젊고 자유분방한 분위기를 물씬 풍겼다. 그런 그녀의 모습을 보며 최근 몇 년 동안 있었던 나의 작은 성공은 별게 아니란 생각이 들었다. 난 이탈리아, 그중에서도 로마 변두리의 진흙탕 밖으로 나가본 적 없는 우물 안 개구리에 불과했다. 반면에 그녀는 다른 세상에서 사는 사람이었다. 여러 언어에 능통한 세계적인 명성의 과학자, 스승을 뛰어넘은 제자, 스승은 뭔 스승, 그녀가 명성을 떨치는 분야에 대해 내가 아는 건 털끝만치도 없었다. 난 오른팔을 들어 안녕이라는 손짓을 했다. 안녕, 테레사, 그렇게 외치고서 고개를 숙인 채 터덜터덜 발걸음을 옮겼다.

　잠시 후에 누군가 내 곁에 다가오는 소리가 들렸다. 뒤돌아볼 새도 없이 그녀가 내 팔 아래로 파고들었다.

　"어딜 도망가? 당신 말을 사사건건 감시하던 그 곱상한 부인이랑 약속이라도 있나 보지?"

"널 방해하고 싶지 않았어."

"난 그러고 싶은데."

그녀는 바로 내가 했던 발언을 까대기 시작했다. 지나치게 격렬하고, 지나치게 열정적이고, 어쨌든 너무 과했어. 내가 있던 자리에서 본 당신은 고삐가 풀려서 날뛰는 짐승 같았다니까. 그러더니 날 카페 안으로 떠밀었다. 그녀가 내 팔을 들어 올리고 내 품에서 빠져나가자, 재킷의 감촉이 너무도 차갑게 느껴졌다. 그녀가 나에게 전해주었던 온기가 삽시간에 빠져나간 듯했다. 누구나, 내가 웃으며 그녀의 말에 대꾸했다. 뼈다귀만 남은 짐승처럼 변할 때가 있잖아. 그러면서 초조하게 시계를 들여다보았다. 딱 2분 만이야, 테레사, 약속이 있어서 그래. 그녀는 내 말을 못 들은 척했다.

테이블을 골라 자리에 앉은 그녀가 내 편지에 대해 언급하기 시작했다. 나디아와 아이들에 관한 이야기였다. 내가 그녀를 감쪽같이 속이는 바람에 무엇이 진실인지 편지를 잘 들여다봐야 했다는 식의 이야기였다. 난 또다시 시계를 들여다보며, 카페 주인에게 계산을 부탁한다는 손짓을 했다. 하지만 그녀는 비꼬는 투로 나의 편지에서 잘못된 부분이 무엇인지 조목조목 따지고 들기 시작했다. 나디아는 나의 하녀 즉, 자신이 애정을 듬뿍 받고 있다고 착각하며 나에게 잔혹하게 이용만 당하는 피해자였다. 난 그 여자의 골수를 쭉쭉 빨아

먹으며 나의 욕심만 채우고, 다른 여자들이 적대시하는 부류의 여자들 앞에서 잘난 척이나 하는 존재였다. 아이들에 대해서는 애처롭다는 식으로 묘사했다. 내가 무서워서 날 좋아하는 척하는 거라고. 사실 아이들에게 난 이방인이나 마찬가지였다. 집에 돌아가서도 내 머릿속에는 오로지 내가 하는 일 외에는 다른 생각이 없었다. 늘 사냥만 하는 애정이라고는 없는 고릴라처럼 말이다. 사냥하지 않을 때조차 다음번 사냥감을 생각하는 고릴라.

넌 달라진 게 하나도 없네. 나 또한 그녀의 비꼬는 말투를 흉내내며 말했다. 다른 사람들 인생을 자근자근 씹기나 하고, 날 비롯해서. 그러자 그녀가 통쾌하다는 듯 큰소리로 외쳤다. 내 이럴 줄 알았어. 당신이 속아 넘어갈 줄 알았다니까. 농담이야, 당신 아까 서점에서 이야기할 때 진짜 멋졌어. 당신은 진짜 최고의 남자야. 좋은 남편에, 훌륭한 아빠. 당신이 고등학교 2학년 수업 시간에 우리한테 했던 대로 나도 흉내 좀 내 봤어. 그녀가 목소리를 높이며 다시 말했다. 그땐 진짜 충격적이었거든. 선생들이여, 그대들은 입만 살아서 마구잡이로 떠들어대지 말고, 한마디 한마디 말을 가려서 할 줄 알아야 한다. (내가 그런 말을 했다니) 으르렁거리기나 할 줄 알았지, 인간미라고는 찾아볼 수 없군. 우웅, 우우웅, 우워 우워 우워. 전부 다 기억 나. 당신이 읊어줬던 시, 이른 아침 빗장이 풀린 교문, 당신 눈썹 한올 한올마다 드리워졌던 햇살,

으르렁댔던 것까지. 그녀가 손가락을 벌려 위로 치켜올렸다. 아마도 내가 그녀의 선생이었던 시절에 곧잘 했던 행동이리라. 그리고 이렇게 끝을 맺었다. 이제 알겠지? 내가 당신이 했던 말을 전부 다 기억하는 거.

그렇다, 사실 기억나는 것들도 있긴 했다. 내가 그녀의 선생이었던 시절에 찬초토[3]의 시를 읽으라고 했었다는 사실이 놀라울 따름이었다. 내가 정말 좋아하는 문장들이었고, 지금도 3학년 학생들을 가르칠 때 종종 낭송하는 시였다. 그녀가 잊지 않고 기억한다는 사실이 정말이지 자랑스러웠다. 그녀라는 인간이 형성되는 과정에 있어서 나 또한 지워지지 않는 한 부분을 담당하고 있었다. 지금의 그녀가 있기까지 나도 공헌한 부분이 있다는 사실을 생각하니 기분이 좋아졌다. 어느새 긴장이 풀린 난 그녀의 말이 전혀 기분 나쁘게 들리지 않았노라고 말했다. 난 고릴라가 된 게 정말 기쁘고, 우웅, 우워 우워 우워, 으르렁거리는 시절을 보내고 있다고, 일도 술술 잘 풀리고 있고, 그래서인지 지금 진짜 시간이 없다고, 약속은 약속이고 예의를 저버리는 사람이 되어서는 안 된다고.

나의 단호한 말을 듣자, 그녀는 잠시 멈칫하는 것 같았다. 날 빤히 쳐다보며 말했다. 좋아, 그만 가 봐, 난 잘 지내고 있고 당신도 잘 지내니까 됐어. 당신은 갈수록 매력적인 강연을 하고, 성경에 나오는 가족보다 잘 돌아가는 가족도 있고,

3 안드레아 찬초토: 이탈리아 시인(1921—2011)

우리 둘 다 유명한 사람들이 돼서 신문에도 나오고, 그러니 이만 안녕. 내가 먼저 그만 일어나자고 말했지만, 사실 그럴 생각은 추호도 없었다. 몸을 일으키는 그녀의 손목을 잡아당기며 다시 자리에 앉혔다. 그리고 미소를 지어 보이며 그녀에게 말했다. 2분은 생각보다 긴 시간이야. 좀 더 있어야 해. 내가 맥주 두 잔을 주문했다. 그녀가 맥주를 좋아한다는 걸 알고 있었고, 제일 좋아하는 맥주로 골랐다. 다시 자리에 앉은 그녀가 드물게 정색하고 말했다.

"시간 없다며, 그럼, 바로 본론으로 들어갈까?"

"본론이라니?"

"본론이란 당신이 아직도 날 기억해 준다는 거야. 나한테 긴 편지도 쓰고 말이야—어떻게 지내, 미국은 어때, 어떻게 살아, 애인은 있어, 남편은 있어, 엄마가 됐어, 무슨 일을 해—단도직입적으로 말할 용기가 없다는 이유 때문이겠지."

"이유는 하나밖에 없어. 널 아끼니까 그런 거야."

"아니, 이유는 내가 당신의 비밀을 영원히 지킬 건지 알고 싶기 때문이야."

난 세차게 고개를 저었다.

"난 널 의심한 적이 한 번도 없어."

"거짓말."

"그렇다니까. 뭐 네가 워낙 정신없다는 게 좀 걱정되긴 하지. 우리 둘 다 인생의 정점에 올라가 있잖아. 어처구니없는 장난질 때문에 서로에게 폐를 끼치는 건 좀 그렇지."

"거봐, 당신 걱정하는 거 맞잖아?"

난 절대 아니라는 듯 또다시 세차게 고개를 내저었다. 순간 테레사는 우리가 함께 지내는 동안 종종 했던, 우리만이 아는 행동을 해 보였다. 상대방을 무조건 사랑한다는 의미였다. 그녀가 팔을 뻗어 새하얀 손가락으로 나의 손등을 어루만졌다. 너무하다 싶을 때도 있었고, 징글징글할 때도 있었지만, 우린 우리만의 방법으로 사랑했노라고 그녀가 말했다. 세월이 지나고 나니까 확실히 알겠어. 세상의 반대편에서 외롭다고 느낄 때마다, 우리가 아직 사랑하고 있다는 생각을 해. 그래, 같이 사는 건 불가능한 일이었지만, 아니 오히려 같이 지내야 한다는 강박이 우리의 본성을 심하게 망가뜨렸을지도 몰라, 만일 우리가 지금 사귄다면 어떨까. 떨어져 지내면 괜찮은 연인이 될지도 몰라.

"연인? 너랑 나랑?"

남아 있던 맥주를 단숨에 들이킨 그녀가 장난기 어린 눈으로 날 빤히 쳐다보았다.

"그래, 난 당신을, 당신은 날 지켜주는 거지, 평생."

"뭔 소리야?"

"우리 결혼하자고. 종교적인 결혼 말고, 서류상의 결혼 말고, 우리가 원하는 대로, 일종의 윤리적인 결혼 같은 거지. 만일 우리 둘 중 하나가 잘못을 저지르면 다른 사람이 만천하에 알릴 권리가 있는 거야. 자, 이제 이 남자가 누군지, 이 여자가 누군지 본모습을 알려드리겠습니다.”

반신반의하며 그녀를 쳐다보았다. 농담일까, 아니면 진심일까? 서로를 원격으로 조정하자는, 나더러 빈틈없는 초인이 되라는 프로포즈, 앞으로 50년 동안 난 그녀의 목소리를 빌려 나에게 말할 것이고, 그녀 또한 그렇게 해야 할 것이다. 맙소사, 어찌나 상상력이 풍부한 아가씨던지, 한 시간도 같이 있기 힘들단 게 문제긴 했지만 말이다. 그녀는 모든 걸 자근자근 씹어버리는 두뇌를 지니고 있었다. 과학은 물론이고 국어과목도 높은 점수를 받았다. 늘 긴장 상태를 유지해야만 했다. 끊임없이 진동하며 피부를 파고드는 가느다란 쇠줄 같았다. 정말이지 용감하고도 씩씩했다. 오늘날 아가씨들은 그럴 수 있다 쳐도, 예전에는 사정이 달랐다. 테레사는 로마 변두리 길가에서 솟아난 미래의 한 단면이었다. 부모와의 이별, 가족들과의 이별, 친구들과의 이별, 높고 낮은 산봉우리들과의 이별, 그리고 무엇보다 나와의 이별. 이탈리아를 떠나서 내가 한 번도 타본 적 없는 비행기를 타고, 관습과 언어가 다른, 아무것도 모르는 세상까지 갔다. 평범한 남자와 여자들에게 만연한, 자신을 가로막는 악덕이란 장애물과 정면으로 맞섰다. 무엇보다도, 그녀는 끝까지 물고 늘어지는 근성이 있었다. 늘 최선을 다했고, 모든 걸 자신에게 유리하도록 끌어오는 재주가 있었다.

난 대답하지 않았다. 소리 없이 웃으며 그녀가 방금 나에게 했던 결혼 프로포즈에 대해 계속 떠들도록 내버려 두었다. 어느새, 그녀는 내가 잘 알던 익숙한 말투를 쓰고 있었다. 아슬아슬한 빈정거림, 귀엽다고 봐주기에는 지나치게 앵앵대는 목소리, 당근과 채찍을 번갈아 쓰는 조롱으로 버무려진 문장들. 2분이 훨씬 지났지만, 난 카페에서 그녀와 함께 더 머물고 싶었다. 맥주를 한 잔 더 주문했다. 틸데, 아내와 아이들에게 저녁 인사 전화도 해야 할 텐데.

테레사가 날 쪼아대기 시작했다. 서점 한구석에서 슬쩍 본 것만으로도, 나와 틸데 사이가 한껏 무르익었고, 오늘 저녁에 무슨 일이 벌어질지 훤히 보이는 듯했다. 옷이 꽤나 근사하더라, 그녀가 말했다. 그 반지르르하게 생긴 귀부인 말이야. 그 고상한 여왕님이 거울 앞에서 화장하느라 몇 시간이나 걸리는지 알아? 몸매 가꾼답시고 운동하고, 얼굴 가꾼답시고 은행을 탈탈 털어서 화장품 사는 거 알기나 해? 내가 평생 쓸 돈을 그 여자는 하루 만에 다 쓸걸. 뭐, 당신 심정을 모르는 바는 아니야. 그런 여자들만의 매력이란 게 있긴 하지. 옷을 벗기면 여리여리한 속옷에 최고급 향수를 뿌리고 있겠지. 뱃살도 전혀 없고, 군살도 없고, 당신의 성적인 환상을 충족시켜 줄 만큼 날렵하겠지. 하지만, 조심해. 그 여자랑 놀아나는 건 나쁜 짓이야. 만약 당신이 지금 당장 달려가서 그 여자 침대 속으로 파고든다 쳐. 그건 당신 부인을 농락하는 거야. 당신한테는 두 가지 가능성이 있겠지. 첫째, 집에 돌아가서, 불쌍한 나디아에게 언제나처럼 이렇게 말한다. 순간적인 욕정에 휘말렸어, 용서해 줘. 다신 그런 일이 없을 거야. 당신의 번지르르한 말주변을 동원해서 후회와 고통의 문장을 남발하겠지. 당신이 쓰던 고릴라 소리 같은 추임새를 넣어가면서, 우워 우워 우워.

시시한 놀이에 동참하는 투로 내가 그녀의 말에 끼어들었다.

"말도 안 돼, 나디아가 당장 날 내쫓을걸, 다시는 아이들을 볼 수 없을 테고."

"그럼?"

"그럼이라니, 절대로 불면 안 되지. 복잡해질 게 뻔한데 그냥 속여 넘기는 게 상책이지. 그리고 두 번째는 뭔데?"

"두 번째는 내가 무슨 수를 쓰든 당신이 바람을 피웠단 사실을 알게 되는 경우야."

"그래서, 뭐?"

"그래서 나 또한 당신의 윤리적인 배우자로서 배신당했으니 만나는 사람마다 붙들고 당신에 대해 최악으로 떠들고 다니는 거지."

"그러니까 나더러 아내한테 다 불든지 아니면 그 여자랑 자는 걸 포기하라는 거야?"

"응."

난 그저 웃기만 했다. 이번에는 장난스러운 웃음이 아닌 신경질적인 웃음이었다.

"좋아, 포기할게."

테레사가 또다시 나의 손등을 어루만졌다.

"훌륭해. 계속 그렇게 행동하면 최고로 좋은 사람이 될 거야."

"너도 마찬가지야. 자칫했다가는 너도 나처럼 위험에 빠질 수도 있어."

"난 문제 없어, 난 이미 좋은 사람이거든."

그녀와 난 11시 정도에 헤어졌다. 전쟁터를 두루 다니며 산전수전을 다 겪었던 전우를 다시 만나 무시무시한 과거사를 떨쳐버리려 군대 이야기를 나눈 듯한 기분이었다.

19

양손을 호주머니에 찔러넣고 호텔을 향해 걸음을 재촉했다. 틸데에게 변명하기는 쉽지 않을 터였다. 벌써 잠든 건 아닐지 의심스러웠다. 그녀를 갈망하고 있었다. 온종일 그녀를 갈망했다. 나의 자의적인 갈망인지 아니면 그녀가 날 원하고 날 기다리고 있어서였는지 알 수 없었지만 말이다. 테레사의 장난기 어린 협박을 듣고도 난 마음을 바꾸지 않았다. 결혼한 남자라 할지라도 다른 여자를 갈망할 수는 있는 법이다.

그게 뭐 그리 나쁘단 말인가. 테레사는 그저 말장난을 쳤을 뿐이었다. 몇 년 동안이나 모범적으로 정조를 지켜온 나에게 작은 경고를 날렸다고나 할까. 그녀가 나에게 최종적으로 암시하고자 했던 건 무엇이었을까? 우리가 서로에게 고백했던 일들을 기반으로, 나는 물론이고 그녀도 언제든 나쁜 사람 취급을 받을 수 있단 말을 하고 싶었던 걸까?

하지만 우리의 삶의 종적은 그와는 반대임을 증명해 주고 있었다. 우린, 이토록 나쁜 세상을 살아가는 좋은 사람들이었다. 우리 외에 좋은 사람들과 다른 점이 있다면, 우린 나쁜 사람이 되는 법을 터득했다는 사실이었다. 우린 둘 다 그 방법을 너무도 잘 알고 있었고, 타고난 정직함을 발휘하기 위해 자신을 나쁜 사람들의 범주에 넣어야만 했다. 우리의 선함을 거짓으로 포장해야만 했다. 아니, 포장이라고 하긴 좀 그렇다. 우린 진짜로 좋은 사람들이었다. 경우에 따라서는 나쁜 짓을 할 수도 있는 좋은 사람들. 산다는 건 끝없는 위험이 도사리고 있는 절대 녹록지 않은 일이기 때문이리라.

하여간에 우리 같은 좋은 사람들이 할 수 있는 나쁜 일이란 건 어차피 자잘한 것들에 불과했다. 하기야, 나쁜 건 늘 나쁜 거였다. 이런 명제를 주절거리는 것만 보아도—가차 없이 나쁜 건 늘 나쁜 거라고 못을 박다니—우린 되도록 선한 시스템에 속하길 바라는 사람들이 아닌가? 최소한의 잘못만을 저지르는 나쁜 사람이 되려면 융통성 없이 꽉 막힌 완벽주의에서 벗어나야 할 필요성이 있는 것이다. 어른이 된다는 건 (나 자신에게 말했다) 스스로가 완벽한 존재가 아니란 걸 인정하는 거야. 그래, 윤리적인 결혼, 애정이 깃든 근사한 대화, 유쾌한 장난질, 다 좋아. 하지만 난 지금 무슨 수를 써서라도 오늘 저녁을 잘 마무리하고 싶었다. 틸데의 속옷을 하나하나 천천히 벗기면서 말이다. 나의 손은 벌써 뜨거운 다리미가 방금 훑고 지나간, 따뜻하고 축축한 원단의 감촉을 느끼고 있었다.

숨을 몰아쉬며 헐레벌떡 호텔 안으로 들어갔다. 틸데는 호텔 로비에 있는 금색 테두리가 달린 소파에 다리를 꼬고 앉아 늘 갖고 다니는 수첩을 들여다보고 있었다.

"당신 부인이 호텔로 두 번이나 전화했어." 그녀가 말했다.

"호텔에서 두 번 다 당신이 없다고 했더니, 세 번째 전화해서 날 바꿔 달라고 했어."

"미안해. 못 가게 붙들려서 그랬어."

"나한테 변명할 필요 없어. 당신 부인한테 해야지. 날 바꿔 주길래 토론이 너무 길어져서 서점이 문을 닫은 후에도 계속하고 있다고 했어."

"전화 좀 해야겠어."

"기다릴게."

"저녁 먹었어?"

"한 시간쯤 전에, 당신은?"

"난 안 먹었어."

"토스트라도 갖다 달라고 할까?"

"고마워."

나디아에게 급히 전화를 걸자, 그녀가 억지로 잠에서 깨어난 듯한 목소리로 대답했다.

"왜 전화했어, 몇 시야?"

"11시 10분."

"난 이 시간에 자는 거 몰라."

"그냥 잘 끝났다는 말을 하고 싶었어."

"틸데한테 들었어. 왜 그렇게 늦은 거야?"

"계속 토론하고 싶다는 선생들이 있었는데 서점 근처 카페로 날 끌고 갔어."

"피곤하지?"

"조금."

"가서 자."

"아이들은?"

"다들 잘 있어."

"잘 자."

"잘 자."

안도의 한숨을 내쉬며 틸테가 있는 곳으로 돌아갔다. 나디아는 기분이 괜찮아 보였다. 그녀와 농담을 주고받으며 토스트를 게걸스럽게 먹어 치우고, 맥주도 한잔 더 마셨다.

"다 먹었어?"

"응."

우린 금색 테두리 소파에서 일어나 엘리베이터를 탔다. 틸데가 방금 읽고 있었던 수첩에 적어둔 메모에 관해 이야기했다. 내 방은 3층에 있었지만 난 4층 버튼을 꾹 눌렀다. 수첩에 적힌 메모만이 유일한 관심거리라는 듯 우린 계속 그에 대해 이야기를 나눴다. 엘리베이터가 멈추자, 그녀가 먼저 나갔고 난 그녀를 뒤따라갔다. 그녀가 열쇠를 찾으며 연신 메모와 관련된 소소한 아이디어를 내놓았다. 출간하려면 내용이 좀 더 풍성해져야 한다며. 그녀가 방문을 열고 들어갔고, 나도 문을 열어둔 채 그녀의 뒤를 따라 방 안으로 들어갔다. 그녀가 뒤를 돌아보며 가방을 의자 위에 올려놓고 말했다.

"뭐해, 문 안 닫아?"

그녀의 요청을 받아들이기까지 제법 시간이 걸렸다. 내 기억으로는 확실히 그랬다. 갑자기 그 여자를 껴안고, 쓰다듬고, 다양한 방법으로 그녀 안에 들어가는 일이 절실히 필요한 건 아닐 거라는 생각이 들었다. 고된 하루였고, 눈꺼풀이 내려앉는 이 시점에 굳이 그럴 필요가 있을까. 문을 닫았다. 그녀가 말했다.

"잠깐 화장실 좀 다녀올게."

그녀가 사뿐사뿐한 걸음걸이로 방에서 사라졌다. 혼자 남은 난 주위를 둘러보았다. 내가 묵는 3층 방과 똑같은 구조의 방이었다. 물소리가 들렸다. 욕망이 있는 건 사실이었다.

그러나 의무는 아니었다. 그 무엇도, 그 누구도 내가 틸데와 몸을 섞으며 쾌락을 추구하고 그 방에서 그녀와 함께 자야 한다고 강요하지 않았다. 그건 단순히 결단의 문제였다. 어느 도시였는지, 어느 호텔이었는지 기억나지도 않지만, 아침 식사를 하던 중에 그녀가 케이크가 묻은 내 손가락을 빨아먹던 그때부터 시작된 일이었을 것이다. 오래도록 함께 엮어왔던 실들을 무심결에 툭 끊어버릴 것인지, 아니면 우리가 밑그림을 그리고 지금까지 열심히 색칠했던 그림들을 끝까지 잘 마무리할 것인지? 난 왜 내 방에 있지 않고 이 방에 와있는 거지? 자신에게 물었다. 왜 하필 저 여자지? 애 딸린 유부녀, 눈부시게 예쁜 여자가 왜 날 지금 이 방에 맞아들였을까. 알 수 없었다. 그녀는 지금 이빨을 닦고 있었고, 나와 오늘 밤을 보내기 위해 준비하고 있었다. 왜 이런 일이 벌어졌는지에 대한 나의 대답은 그랬다. 그녀는 본래의 내가 아닌, 내가 늘 바라왔고 놀랍게도 최근 몇 년 사이에 그게 진짜 나라고 느끼기 시작한 나의 모습을 상상하고 있을 것이다. 그러자 갑자기 그런 생각이 들었다. 나에 대한 틸데의 애정과 존경, 나만큼이나 절실한 틸데의 욕망을 계속 유지하려면 나 또한 그녀만큼이나 감각적이고 똑똑한 사람이라는 걸 보여주어야만 한다는 생각 말이다. 틸데가 욕실 밖으로 나왔다. 맨발에 파란색 슬립만 걸치고 있었다. 그녀의 왼손을 붙잡고 입을 맞췄다. 바디로션 향이 남아 있는 그녀의 손바닥을 혀로 핥았다. 그리고 그녀에게 말했다.

"당신은 너무나 아름답고 난 진짜 당신을 원해. 하지만 여기서 멈춰야 할 것 같아. 오늘 밤 이후에 과연 어떤 일이 벌어질까? 우린 같이 잘 거고, 그런 다음에는, 어떻게 되는 거지? 아니, 난 내 아내를 배신할 수 없어. 아내를 사랑하고, 아이들을 사랑해. 그럴 수도 있다고 생각했는데, 못하겠어. 내 천성이 아닌가 봐. 난 그렇게 생겨 먹지 않았나 봐."

올바른 남자라는 자신감에 부푼 난 특히 마지막 문장을 또박또박 발음했다. 틸데가 손을 들어 올리더니 내 오른뺨을 세차게 후려갈겼다. 안경이 날아가 침대 위에 툭 떨어졌다. 손으로 뺨을 만져보니 눈가에 눈물이 맺혀 있었다. 난 안경을 찾는답시고 더듬거리며 애써 그녀의 눈길을 피했다.

"잘 자." 내가 말했다.

그녀가 속삭였다.

"기다려 봐, 미안해. 내가 너무 심했어. 내가 실수했어, 이리 와 봐."

"아니," 이번에는 내가 속삭였다.

"전부 다 내 책임이야. 같이 아침 먹을래? 8시 어때?"

그녀의 방에서 나와 3층에 있는 내 방까지 계단으로 걸어 내려갔다. 뺨이 얼얼했지만, 난 중심을 잃지 않았다. 추락하지 않았다. 마음이 한결 가벼웠다. 내가 굳건하다고 여겼던 모든 게 실은 기체에 불과한 것들이었다. 마침내 정확한 목

적지를 향해 날아가는 비행기 같은 나의 무게를 고작 기체가
지탱해 주었다고 생각하니 마음이 한결 가벼워졌다.

20

밀라노에서의 그날 밤을 기점으로 나의 새로운 인생이 시작
되었다고도 볼 수 있었다. 언제부터 시작되었는지 모를 나의
자아도취가 끝난 날이라고 보아도 무방할 것이다. 바로 다음
날 아침부터 모든 일이 놀라울 정도로 술술 풀렸다. 틸데와
난 사심 없는 즐거운 분위기에서 아침을 먹었다. 바로 전날,
위중한 질병이 의심된다는 진단을 받고 정밀 검사를 받은 사
람들 같았다. 검사 결과 정상이라고 판명된 지금, 우린 더할
나위 없이 건강하고 활기찼다.

  돌아오는 길에 차 안에서 우린 지난밤에 벌어졌던 일에 관
해 대화를 나누기까지 했다. 그러면서 정말 많이 웃었다. 어
느 순간 진지해진 내가 운전하고 있는 그녀의 옷자락을 손가
락으로 어루만졌다. 늘씬한 무릎 위로 치맛단이 드리워져 있
었다. 감정이 북받친 난 우리가 자동차에 탔던 순간부터 하
고 싶었던 말을 꺼냈다. 만일 우리가 같이 잤다면, 내 손가락
은 지금 당신 옷에서 느껴지는 감촉을 느끼지 못할 거야. 그
녀가 내 말에 동의했다. 만일 지난밤에 우리 눈이 멀어서 서
로의 세세한 부분들까지 알게 되었더라면 어땠을까. 그녀와

난 얼마나 많은 것들을 영원히 느끼지 못했을지 상상해 보기 시작했다. 둘 다 신이 나서 목록을 이야기하던 도중에 틸데가 갑자기 외쳤다. 내가 귓불이 거의 없이 머리에 딱 달라붙어 있는 그녀의 작은 귀를 두고 이야기하던 중이었다.

"바보 같긴."

"농담 그만하고 싶어?"

그녀가 세차게 고개를 저었다.

"아니, 아니야, 계속 해. 이제야 알았어. 내가 마지막으로 당신이랑 하고 싶었던 건 섹스였단 걸."

"이제 와서."

"이유를 뭐라 설명할 수 없어. 그랬다가는 내 꼴만 우스워질 거야."

방금까지만 해도 마냥 즐거워 보였던 그녀는 힘겨운 듯 천천히 입을 떼며 그 문장을 발음했다. 그녀를 부추기고 싶었던 난 이렇게 말할 참이었다. 뭐, 어때, 우스운 꼴 좀 보여줘 봐. 그러나 정작 그렇게 말하지는 않았다. 수년 전에 테레사와 싸우던 중에 그와 비슷한 말을 했던 일이 떠올랐기 때문이었다. 산 로렌초에서 같이 살던 시절이었다. 그녀는 나의 사랑이 필요하다는 식으로 이야기하고 있었고, 난 그녀의 요구를 저속한 농담 식으로 받아들였다. 그녀 또한 나와 섹스하길 좋아했고, 쾌락에 탐닉했지만, 섹스가 끝나면 매번 이렇게 말하곤 했다. 자기야, 미안한데, 설마 내가 당신 다리 사이에 달린 그 시원찮은 물건 때문에 당신이랑 산다고 생각하는 건 아니지?

화가 치밀어 오를 때면 그녀는 소리소리 지르며 살림살이들을 부수기도 했다. 딱히 설명할 방법이 없었다. 아마도 내가 그녀의 모든 걸 이해하고 받아줄 사람처럼 보였던 것 같았다. 정말이지 모든 걸, 흐릿한 감정들, 모호한 생각들까지도. 반면에 난 남자들이란 족속 중에서도 최악의 악질이었다. 나한테 덤벼드는 것들은 뼈를 부러뜨리고 목을 찔렀다. 난 덫이었다. 아주 잘 감춰진 덫이었다. 그만, 숨이 꼴딱 넘어갈 것만 같았다. 그녀의 얼굴이 숨을 못 쉬는 아이처럼 온통 시퍼렇게 변했다. 깜짝 놀란 내가 소리치기 시작했다. 테레사, 제발, 테레사, 왜 그래. 그녀가 다시 숨을 쉴 때까지 난 소리를 질러댔다.

틸데가 눈을 흘기며 잠시 날 지켜보았다. 내가 무슨 말을 하길 기다리고 있었다. 내가 무슨 생각을 하는지 도저히 알 수 없다는 걸 눈치채자, 혼잣말처럼 지껄였다. 5분만 쉬었다 가야겠어. 가까운 휴게소에 차를 세운 그녀는 화장실에 간다며 사라졌다. 나도 소변을 보러 화장실로 뛰어갔다. 우리가 마주쳤을 때, 그녀가 내 손을 꼭 붙잡고 조금 떨어진 화단으로 날 데려갔다. 당신 곁에서 잠깐만 자도 돼? 그녀가 무릎을 꿇더니 잔디밭 위에 몸을 누였다. 누가 볼세라 주위를 두리번거리던 나도 그녀 곁에 누웠다. 틸데가 아무렇지도 않게 내 어깨 위에 머리를 올려놓았다. 갓 베어낸 풀 내음이 휘발유 냄새와 다툼을 벌이고 있었다. 난 눈을 감지 않았다. 그녀는 30분이나 죽 내 곁에서, 한쪽 팔을 내 가슴 위에 올려놓고 잠을 잤다. 잠에서 깨어난 그녀가 말했다. (어리벙벙한 눈으로 갑작스레 깨어났다.) 이제 훨씬 나아졌어. 로마까지 한 방에 가자. 우리 집 앞에 도착할 때까지 우린 늘 그랬듯이 이런저런 이야기들을 나눴다. 그리고 영원히 친구 사이로 지내자고 약속하며 헤어졌다. 그녀가 뼈있는 농담처럼 말했다. 당신, 난 믿어도 되지만, 서점 구석에 있던 그 여자는 절대 믿으면 안 돼. 명심해, 조심하라고. 시동을 걸고 출발하던 그녀가 나디아와 아이들에게 인사를 전해달라고 소리쳤다.

　난, 정말이지, 나의 아내를 다시 부둥켜안을 순간만을 간절히 기다렸다. 서둘러 집 안으로 들어갔다. 혹시라도 나디아가 틸데를 향한 나의 욕망을 눈치채지는 않을까 걱정되기도 했다. 근심을 달고 사는 배우자라면 그런 냄새 정도는 쉽사리 맡을 수 있었다. 하지만 자정이 다된 시간이었고, 아내는 쿨쿨 자고 있었다. 내가 돌아온 줄도 모르고 잠결에 뭐라뭐라 웅얼거리고 있었다.

21

다음 날에도 그리고 이어지는 몇 주 동안에도 아내는 확실히 기분이 좋아 보였다. 예전에 한때 그랬던 것처럼 나한테 몹시 다정하게 굴었다. 처음에는 혹시 또 아이를 갖고 싶어서 저러나 하는 생각에 무섭기도 했다. 그러나 얼마 지나지 않아 그녀 인생의 한 시절이 완벽하게 끝났다는 사실을 깨달았다. 대학은 흥분한 뱀이나 전갈들이 사는 고리타분한 곳이고, 자신은 평생 고등학교 선생으로 일하겠다는 뉘앙스의 말을 했다. 서운한 기색은 전혀 없었다. 아내는 날이 갈수록 학생들을 가르치고 아이들을 키우는 두 가지 일이 자신의 의무라는 듯 척척 잘해 나갔다. 나디아의 젊은 시절은 그렇게 막을 내렸다. 이제 집안과 침대에는 훌륭한 수학 선생님이자, 세 아이의 사려 깊은 어머니, 그리고 오랜 침체기를 거쳐 자신을 돌보고 가꾸게 된, 어느 정도 사회적 지위가 있는 남편 곁에서 부끄럽지 않을 만한 아내가 있었다.

그녀의 변화로 인해 나 또한 마음의 안정을 되찾았다. 나디아가 잘 지내면, 엠마, 세르지오, 심지어 말썽꾸러기 에르네스토도 잘 지낼 수 있었다. 그리고 누구보다 내가 잘 지낼 수 있었다. 가르치고, 공부하고, 청중들 앞에서 내 책에 관해 이야기하고, 잡지와 일간지에 글을 쓰고, 내가 의무적으로 돌보고 챙겨야 할 가족이란 조직에 상처를 입히지는 않을까 근심하는 일도 사라지게 될 것이었다. 나디아가 그 모든 걸 돌봐주었고, 무엇보다 기쁜 마음으로 날 챙겨주었다.

무엇이 그녀를 그토록 기분 좋게 만들었는지는 궁금해하지 않기로 했다. 관심이 없어서가 아니라 조심스러운 배려 때문이었다. 그녀는 이제 소규모 지성인들과 관련된 나의 일에 선뜻 관심을 보이고 있었다. 자기 동료라든지, 프라톨라 펠린냐의 친구들, 부모님의 친구들이 내 두 권의 책 중 한 권을 호평한다든가, 최근에 읽은 내 칼럼을 좋아한다는 말을 종종 하곤 했다. 그러나 농담이라도 잘난 척하고, 깝죽거렸다가는 호의와 자긍심이 순식간에 쓴웃음으로 뒤집힐 수도 있다는 사실을 잘 알았기에, 난 그저 조용히 내 앞에 닥친 일에만 몰두했다. 내가 성공했다는 이야기가 긁어 부스럼이 되어서 아내가 회한을 느낀다거나 갑자기 우울해지지는 않을까 걱정스러웠다. 어느 토요일 아침이었다. 당시 이름을 날렸던 학자가 일간지에 실린 나의 칼럼을 칭찬하며 보내온 편지를 아내에게 큰소리로 읽어주고 있었다. 나디아가 보일락 말락 미소를 지었다.

"이트로 친구일 거야."

"그럴 수도 있지."

"확실해, 두고 보면 알 걸. 당신은 잊었겠지만 이트로 덕을 얼마나 보고 있는데."

내가 조심스럽게 말했다.

"칼럼을 쓴 건 이트로가 아니라 나야."

"사실이지, 하지만 세상에는 뛰어난 사람들도 진짜 많아."

"그럼, 당신은 이트로의 명성 없이 내 칼럼을 읽었다면 별로였을 거라 이 말이야?"

"물론 그래도 좋았겠지. 하지만 이트로의 지원 없이 당신이 신문에 글을 쓸 수 있었을 거라고 확신해?"

난 확신할 수 없단 걸 인정했다. 그냥 평화롭게 지내고 싶은 마음에서였다. 할 일이 산더미 같은 하루였고, 괜히 아내의 속을 긁어놓고 싶지 않았다. 어느새 우리 집은 사람들이 자주 들락거리는 장소가 되었다. 다른 도시에 사는 학생들과 선생님들이 찾아와 자신들의 경험담을 털어놓으며 나와 이야기를 나눴다. 그 외에도 잡지사 사람들, 소규모 출판사의 편집자들, 새로운 구상에 대해 의논하려는 사람들, 이모저모로 날 이용하려는 사람들로 붐볐다.

나디아는 방문객들이 찾아올 때마다 신경이 날카로워졌고, 가고 나면 늘 이렇게 말했다. 이제 진짜 이사를 해야 할 것 같아. 이 집은 너무 좁아. 아이들이 놀 수 있는 공간도 없고 나도 나만의 공간이 필요해. 부둣가처럼 북적거리는 데서 살 수는 없잖아. 그렇다고 내가 이렇게 말하며 방문객들을 돌려보낼 수도 없는 실정이었다. 그만들 오세요. 아내가 기분 나쁘답니다. 특히 목소리가 큰 여학생들이나 지나치게 교양 있는 투로 말하는 선생님들은 절대 안 됩니다. 난 아내의 말에 대꾸했다. 맞아, 돈이 조금 생기면 집을 옮기는 데 얼마나 드는지 계산해 보자.

돈이라, 사실 돈은 들어오고 있었고 난 진지하게 계산기를 두드리고 있었다. 흥분된 기색으로 통장을 펼쳐 보이며 은행 저축이 얼마나 늘어가고 있는지 아내에게 말하기도 했다. 하지만 바로 그 주제로 인해 우린 조마조마한 긴장의 시기를 겪어야만 했다. 어느 날 저녁이었다. 식사를 마친 내가 책 인세로 돈이 들어오게 되었다며 그녀에게 자랑스럽게 말했다. 난 '내가 벌었다'라는 일인칭 과거형을 사용했다. 식탁을 다 치운 아내는 내 와이셔츠를 다리고 있던 참이었다.

다음 날 난 어디론가 떠나야만 했다. 늘 떠나기만 했다. 아내가 다리미에서 눈길을 떼지 않고 내 말을 바로잡았다.

"우리가 번 거지. 나 아니었으면 당신은 한 줄도 못 썼어."

내가 황급히 덧붙였다.

"그래, 당신이 늘 내 곁에 있었지. 당신의 존재가 결정적인 결과를 만들어 낸 거지."

"존재 좋아하시네, 내 존재가 아니라, 내 시간을 말하는 거야. 당신이 글 쓰는 거, 당신이 싸돌아다니는 거, 당신의 성공, 당신의 근사한 외모와 당신이 밝고 멋있다는 칭찬, 그 안에 내 시간이 얼마나 많이 들어가 있는지 알기나 해?"

"맞아, 베르톨트 브레히트가 그랬지. 페이지마다 승리로군, 근데 승리의 저녁 식사는 누가 차려주지?"

난 어리벙벙한 표정으로 그녀를 쳐다보았다. 아내는 부엌에서, 선 채로, 눈을 아래로 내리깔고 다리미를 앞뒤로 움직이고 있었다. 자칫 주름이 생기지는 않을까 조심하는 눈치였다.

"맞아," 내가 잘라 말했다.

"미안해, 우리가 벌었어."

22

나디아가 아니라 테레사와 결혼한 게 아닌가 하는 기분이 들기 시작했다. 심한 말일 수도 있겠지만, 하여간에 내 느낌은 그랬다. 언제 터질지 모르는 대서양 건너편의 아내, 폭발이 일어난다면 생존하든지 아니면 폭삭 망하든지 둘 중 하나인 그녀보다는 날마다의 아내가 나에게 더 도움이 된다는 사실은 확실했지만 말이다. 어쨌든 테레사가 새롭게 개발해 낸 '윤리적인 결혼'이란 장난스러운 세례명을 지닌 제도 또한 나름 효력을 발휘하고 있었다. 그녀는 집 주소가 아닌 학교로 편지를 보내곤 했는데, 놀랍게도 이제 더 이상 내 비위를 건드리는 편지를 쓰지 않았다. 처음에는 아주 짧은 편지였고, 이후로도 한 주에 한 통씩 애정 어린 편지를 보내왔다. 아주 단순한 내용의 편지들이었다. 한마디로 요약하자면 이랬다. 잘 지내? 난 그녀의 편지들을 읽고 또 읽었다. 그녀의 변화가 놀랍기만 했고, 두 페이지를 꽉꽉 채워 답장을 써 보냈다. 부디 그녀가 행간의 의미를 알아챌 수 있도록 나의 모든 열정을 쏟아부었다.

　서신의 교환은 이내 습관으로 자리잡았다. 그녀는 허심탄회하게 자신을 둘러싼 이야기들을 털어놓았다.—일터에서의 충돌, 알량한 보수, 몇 주도 못 가서 헤어진 애인들, 눅눅한 밤이 되면 이불과 복도에까지 출몰하는 보스턴의 거대한 바퀴벌레들—나로 말할 것 같으면, 날 곤란하게 만드는 상황에 대한 총체적인 조언을 구했다. 내가 중요한 도약이라 여기는 사건들에 대한 그녀의 조언이었다.

　서신 교환을 통한 테레사의 감시가 날 다른 사람으로 바꿔놓았는지는 잘 모르겠다. 하지만 한 가지만큼은 확실했다. 그녀는 고약한 성격을 지녔음에도 불구하고 때로 길고 부드러운 문장들을 구사하기도 했는데, 그럴 때면 기분이 참 좋았다. 그러니 우리의 결혼 서약이 효력을 발휘하고 있다고 말하는 게 당연하지 않은가? 물론 그보다는 빈정거리는 투의 문장이 대부분이었지만, 편지를 읽다 보면 그녀가 늘 나와 가까이 있다는 기분이 들었다. 훌륭해, 내가 아는 가장 이기적이고, 배려심이라고는 없는 남자가 그렇게 되리라고 누가 감히 상상이나 했을까? 그녀 또한 까칠함에서 벗어나 점점 부드러워지고 있는 걸까?

　설마 그럴 리가, 언제나처럼 자연스럽게 의심이 따라붙었다. 하지만 밀라노에서 만난 이후로 그녀는 전혀 다른 사람이 되어 있었다. 감정에 휘둘리지 않고 안정적인 태도를 유지하며 최상의 결과를 끌어내고 있었다. 학생들을 가르치다 보면 애정이라는 교육만큼 확실한 건 없었다. 난 남들보다 나약하고, 남들보다 반항적이고, 남들보다 자질이 없다고 여겨지는 학생들에게 더욱 심혈을 기울였다. 동료들에게도 예의와 좋은 교육에 대해 설파했고, 어떤 이유로든 뒤처진 아이들을 챙기는 데 힘썼다. 심지어 장인어른한테까지 관심을 두기 시작했다. 매사에 아는 척하길 좋아하는 장인어른은 어떻게 살아야 하는지 사사건건 날 가르치려 들었다. 세상과 동떨어진 촌구석에 틀어박혀 평생을 지낸 노인네가 말이다. 나조차도 장인어른께 관심을 두는 내가 놀라웠고, 장모님은 딸에게 이렇게 말하기도 했다. 네 남편한테 무슨 일 있니? 웬일이래, 네 아빠를 귀찮아하지도 않고? 그야말로 좋은 일이었다. 난 아무도 귀찮아하지 않았다. 심지어 날 귀찮게 구는 사람들조차 말이다. 시간이 지날수록 난 그 어떤 험담이라도 배울 점이 있고, 시사하는 바가 있노라고 믿게 되었다.

희열이란 말도 신뢰하게 되었다. (불쑥 그 단어를 쓰고 싶어졌다) 말하자면 소소한 행복 또는 절제를 통해 맛보는 기쁨이랄까. 늘 그런 태도로 청중들과의 토론을 이어 나갔다. 어느덧 난 말을 잘하는 사람이 되어 있었고, 그러므로 자신을 증명해야 한다는 걱정은 더 이상 없었다. 타인과 이야기를 나눌 적에는 내가 참을성이 없는 사람이란 걸 겉으로 드러내지 않았다. 참되고 진실한 태도로 모든 이들의 의견을 들었고, 남들보다 공격적인 성향을 지닌 사람들, 증오심을 지닌 사람들에게도 좋은 감정을 가지려고 애썼다. 그런 사람들을 대할 때면 흥분하지 않고 또박또박 말하려고 노력했다. 그런 사람들이야말로 날 좋아하는 사람들보다 우위를 차지할 때가 많았다. 배려하는 태도로 그들의 말을 경청했고, 동의까지는 절대 아니었지만, 이해해 보려고 애썼다.

그럴 때면 청중들 사이에서 글로 표현하기 힘든 애매한 소리, 에에 또는 우우 같은 소리가 들리기도 했다. 침묵이 드리워지고 내가 말할 차례가 되면, 서두르지 않고 찬찬히 메모지를 들여다보았다. 마지막으로 메모지에 휘갈겨 써놓은 글씨들의 울림을 허공에 그려보았다. 그런 다음 비판의 논조로 말을 시작했다. 청중들을 차분하게 진정시키는, 누구도 거부할 수 없는 너그러운 말들이었다.

한 번은 테레사에게 장난 삼아 이런 편지를 쓰기도 했다. 밀라노 카페에서 너와 함께했던 두어 시간이 날 일깨워 주었어. 나의 온몸이 다시금 네 곁에 있는 것만 같아. 우리의 엉망진창이었던 동거 생활을 통해 얻은 결론이라고나 할까. 날이 갈수록 난 널 참아주지 못했었지. 하지만 이제 이해가 가. 아니, 느껴져. 애정 어린 이해심이야말로 참을 수 없는 사람들을 대하는 유일한 방법이란 걸. 정말이지 놀라운 반전이지.

편지를 읽은 그녀는 당연히 몹시 성질을 냈다. 나한테 온갖 쌍욕을 퍼부으며 이렇게 썼다. 당신이 얼마나 참을 수 없는 사람이었는지는 생각 안 해? 나쁜 새끼, 구라나 치는 비열하고 잔인한 놈. 당신의 그 얄팍한 문장력으로 날 나쁜 년으로 만들려고 하지만, 나쁜 건 바로 너야. 너만 나쁜 놈이라고. 마지막으로 그녀는 내가 사과하든지 아니면 어떤 경우에도 나와 다시는 연락하지 않을 거라고 못을 박았다.

그녀의 답장을 읽으며 난 서글퍼질 수밖에 없었다. 테레사, 세월이 흐르고, 그토록 성공했지만, 그녀는 아직도 괴팍한 어린 소녀에 머물러 있었다. 나의 장난기 어린 말을 오로지 자신에 대한 공격으로 받아들였다. 내가 생각하기에는 충분히 가볍게 받아넘길 수 있는 수준의 말이었다. 하지만 그녀에게 그런 말을 했다가는 또다시 화를 낼 게 뻔했다. 그녀는 공정한 편에 서 있다고 믿는 불공정한 사람이었다. 서둘러 그녀에게 사과의 편지를 썼다. 이따금 내가 무슨 말을 하는지 나도 모르겠어. 넌 나 자신을 돌아보게 만들어—그리고 이렇게 썼다—그래도 난, 너도 알다시피, 잘못을 바로잡고, 깨우치잖아. 그녀에게 제발 편지를 계속 써달라고, 내 잘못을 고쳐 달라고 애원했다. 그녀에게 종종 잘못을 저지르기도 했지만, 그녀와 편지를 나눈 덕분에 난 매일의 삶 속에서 더 이상 잘못을 저지르지 않게 되었으니까.

23

정말이지 그랬다. 그렇다고 인정하지 않을 수 없었다. 처음에는 내가 다른 누군가를 흉내내고 있는 듯한 기분이었다. 정확히 기억나지 않지만, 소설이나 영화에 등장하는 누군가 말이다. 아니면 소년 시절에 내가 마주쳤던, 짧은 순간이었지만 나에게 깊은 인상을 남겼던 누군가일 수도 있었다. 하지만 어느 순간 난 자신에게 이렇게 말할 수 있게 되었다. (그야말로 일생일대의 사건이었다.) 이젠 달라. 불혹이 되니 나만의 감각과 지성이 뭔지 알게 되었어.

어느 날 저녁, 나에게는 특별하다고 할 만한 한 가지 사건이 벌어졌다. 내가 일하는 학교 근처 변두리에 있는 좁고 칙칙한 강당에서 있었던 일이었다. 정말이지 결정적인 한 방이었다. 언제나처럼 토론에 참석한 나는 강당 안에 들어서자마자 일이 잘 풀리지 않을 거라는 직감에 사로잡혔다. 나를 초청한 사람이 왠지 껄끄러운 태도로 날 맞이하는가 싶더니, 아니나 다를까 테이블에 마련된 나의 바로 옆자리에 그 사람이 앉아 있었다. 오래전에 몇 마디 말로 내 책을 까대고 바로 자리에서 일어나 나가버렸던 그 사람이었다.

난 이내 그를 알아보았고, 충격에 사로잡혔다. 그가 나를 청중들에게 소개했다. 까불까불한 아이들을 데려온 어머니들, 은퇴한 노인네들, 학생 몇 명, 나와 같은 학교에서 일하는 동료 선생 몇 명이었다. 순서에 따르면 그는 짧은 인사말을 하게 되어 있었지만, 그날 저녁의 주인공이라도 된 듯 지나치게 오래 말을 끌었다. 일반적으로 그런 자리에 가면 날 칭찬하는 이야기로 말문을 열었던 것과 달리, 그는 한술 더 떠서 나의 책들과 최근에 내가 썼던 칼럼들을 빈약한 지식을 동원해 가며 날카롭게 분석했다. 근본이 없는 평범하기 그지없는 말들이었다. 그는 오로지 남을 비꼬는 데만 소질이 있는 사람이었다.

청중 중에는 그의 추종자들도 섞여 있었다. 한두 번 킬킬거리는 소리와 박장대소가 터졌고, 박수 소리도 들렸다. 난 그가 말하는 내내 테이블보를 주시하며 그의 말을 한마디도 놓치지 않았다. 테이블보는 눈에 거슬리는 연보라색이었는데 오래된 네온 불빛 아래 핏빛 또는 보랏빛을 띤 길쭉하고 검붉은 반점처럼 보이기도 했다. 한두 번 정도 머리가 핑 돌았고 현기증이 나서 의자에서 떨어지면 어쩌나 걱정이 되기도 했다. 그럼에도 난 불편한 티를 내지 않고 그의 말을 계속 집중해서 들어주었다.

정말이지 위태로운 순간이었다. 충격적인 모욕감, 끓어오르는 분노, 폭력으로 대응하고 싶다는 심정을 억눌러야만 했다. 나이를 짐작할 수 없는 넙데데한 저 남자, 두꺼운 목, 가늘고 길게 찢어진 입술, 그는 만족감에 겨워 독을 내뿜고 있었다. 어쩌면 저리도 악독할 수 있단 말인가. 심지어 그의 땀과 향취에도 독기가 서려 있는 것만 같았다.

어쨌든, 그에게 주어진 시간은 그걸로 충분하고도 남았다. 그가 말하면 할수록, 그에 대한 나의 면역력은 점점 늘어만 갔으니 말이다. 나의 가슴 속에 흐르던 용암이 점점 차갑게 식어가며 나중에는 그의 내면을 지배하는 고통만이 크게 다가왔다. 그는 권리에 대해 가르치는 교사로 이름은 프랑코였다. 누군가는 초저녁에 그를 프랑키노라는 애칭으로 부르기도 했다. 그의 오른 손톱에는 문에 찧었던 것처럼 새까만 흉터가 있었다. 기나긴 이야기를 하는 동안 그는 한 번도 청중을 향해 몸을 돌리지 않았고, 오로지 나를 향해서만 말했다. 마치 내가 그의 말을 이해하고 받아주기만을 고대한다는 듯이 말이다. 창백한 얼굴과 붉게 충혈된 눈으로 그는 끊이지 않고 말을 이어 나갔다.

사실 그 자리에서 그의 비판의 질적인 면을 따지는 건 그리 중요한 게 아니었다. 그는 점점 더 공격적인 말투로 한 가지 사실만을 주장하고 있었다. 요는 이거였다. 정부가 교사들에게 개떡 같은 월급을 지급한다면, 교사 또한 그에 상응하는 개떡 같은 성과를 내는 게 옳다. 나머지는 전부 그 주장을 뒷받침하는 말이었다. 그가 무엇보다 강조했던 건 이것이었다. 그런 상황을 잘 알면서도 가르치는 일에 최선을 다해야 한다고 생각하는 사람은—예를 들어 나 같은 사람들은—노예나 다름없다. 노예, 그가 벌겋게 충혈된 눈으로 날 응시하며 말

했다. 교장, 장학관, 장관의 노예, 말도 안 되는 보수를 받고
도 영혼을 탈탈 털어가며 기계처럼 일하는 노예. 그 순간까
지도 난 입을 다물고 있었고, 청중들 사이에서 우레와 같은
박수가 터져 나왔다. 모두를, 심지어 나마저도 놀라게 하는
말이었다. 나 또한 힘차게 박수를 보냈고, 제일 마지막까지
박수를 멈추지 않았다. 남자가 이상하다는 눈빛으로 날 흘
끗 쳐다보더니 손등으로 입가에 묻은 침을 쓱 닦았다. 그리
고 수상쩍은 미소를 지으며 손목시계를 들여다보았다. 테이
블에 자리를 잡은 지 30분이나 지나 있었다. 그가 전혀 미안
한 기색 없이 말했다. 내가 너무 길게 말했군.

　그가 길게 말한 게 천만다행이었다. 한숨을 돌린 나의 솔
직한 생각이었다. 만일 그가 5분만 떠들었더라면 틀림없이
주먹질이 오갔을 것이다. 그러니 정말 다행이지 않은가. 그
가 30분씩이나 이야기하는 바람에 난 그의 비참함을 비로소
이해할 수 있게 되었다. 내가 잘 알고 있는 바로 그 비참함,
인간 조직이라는 형태를 지닌 생생한 물질적인 고통이었다.
계획, 실현, 개혁이 제대로 이루어지지 않은—교실, 학교, 교
육과 같은—사안들, 초기에는 어떻게든 고쳐나갈 수 있으리
라 생각되기 마련이다. 그러나 이내 불거진 사소한 단점 하
나가 학교라는 조직 전체 그리고 가족을 비롯한 공동생활이
라는 조직 속에서 온갖 불안정한 형태로 모습을 드러내게 되
는 것이다.

그의 비참함이 날 녹여버렸다. 청중들이 프랑키노에게 박수를 보낸 이후로, 나 또한 그의 말에 감동한 건 아닌지 걱정될 지경이었다. 난 그의 말에 동의할 뿐 아니라, 나를 향한 잔혹한 비판에도 동의한다는 말로 입을 열었다. 내가 방금 알게 된 절망에 관해 그가 나의 말을 빌려서 이야기했던 것이라고 말했다. 끔찍하네요, 나의 두 권의 책의 어조를 전반적으로 인용해 가며 난 말을 이어 나갔다. 그리고 안타깝습니다. 꽃봉오리 같은 인생들을 가르치는 책임을 짊어진 당신이 아이들에게 베풀 생각은 하지 않고 요구만 한다는 게 말입니다. 그리고 하루도 빠짐없이, 당신의 말을 들어주는 사람이 없다고 느끼는 것도요. 당신은 부당함에 대한 의무가 누구에게 있는가를 명시했지만, 아무도 당신의 글을 읽지 않죠. 당신은 열악한 노동 환경을 고발하고자 했지만, 아무도 문제 삼지 않습니다. 당신은 소리치지만 아무도 듣지 않고, 모든 게 그대로예요. 당신의 교실과 세상에서 해결되는 건 아무것도 없어요. 아무도 관심 없는 말을 미친 듯이 하고 다니느라 당신은 파국으로 치닫고, 모든 게 엉망진창이 되어버렸을 겁니다. 그래요, 결국 밑바닥까지 손을 봐야만, 충돌이 일어나고, 마침내 불꽃이 이리저리 번지게 될 것입니다. 쇠는 쇠로 다뤄야 하는 법이니까요. 그러면 모조리 불길에 휩싸일 테고, 다시금 제대로 구축될 겁니다. 하지만 그렇게 되길 기다리는 동안에도 인생은 흘러갈 것입니다. 우릴 비웃기라도 하듯이 말이죠. 우리와 우리 아이들은 해를 거듭할수록 진이 빠질 것입니다. 진짜로 밑바닥까지 손보는 일은 절대 일어나지 않을 것입니다. 쇠락과 노화와 죽음이 다가오지만, 밑바닥은 여전히 그대로란 말입니다. 최악은 절대 끝나는 법이 없으니까요.

그러므로, 난 이렇게 결론을 내렸다, 제가 이 사태를 어떤 시각으로 바라보는지 말씀드리겠습니다. 뛰어난 학생들은 선생님 없이도 뛰어난 학생이 될 게 분명합니다. 뒤처지는 학생들은 제가 그 아이들을 가르친다 해도 어차피 뒤처질 게 분명하고요. 개떡 같은 월급이든 아니든, 다가올 일들이 재앙이든 아니든, 저는 이 자리를 빌려 슬퍼하되, 많이 슬퍼하지는 말자는 이야기를 하고 싶습니다. 네, 조금만 슬퍼하기로 합시다. 그렇다면 제가 최선을 다해 아이들을 가르치는 이유는 과연 무엇일까요. 어쨌든 잘해 나갈 학생들은 저로 인해 좀 더 잘하게 될 테고, 그렇지 않은 아이들은 저로 인해 조금이라도 잘하는 방법을 배우게 될 것입니다. 저를 비롯한 제가 가르치는 학생들을 빵점짜리 제도의 수준으로 끌어내리고 싶지 않습니다. 인간이라는 존재를 우우 우워 우워 우워 소릴 내는 존재로까지 끌어내리는 건 그 어떤 좋은 것도 기약할 수 없으니까요. 그러므로 사랑하는 동료여, 우리들의 이러한 비참함을 돌아보고 행동으로 옮깁시다. 동물들의 반란이 아닌, 당신이 원한다면 진정한 혁명으로 말입니다 등등.

그렇게 난 확실하고 총체적인 발언을 이어 나갔고, 15분을 넘기지 않았다. 이야기하는 중간중간에 날 혐오하는 그 교사의 팔을 슬쩍 만졌고, 어느 순간 고통스러운 흉터가 난 엄지손가락이 있는 손까지 닿았다. 어린 시절부터 그와 한 반에서 지내온 친구가 된 기분이었다. 너나 할 것 없이 감옥 같은 교실에서 감금 생활을 했던, 그 시절을 함께했던 피해자처럼 말이다. 정말이지 굉장한 15분이었다. 나 자신이 진실의 편에 섰다는 느낌에 가슴이 출렁였다. 내가 발언을 마치자, 누구보다 한 가족의 어머니들과 학생들이 나의 말에 공감해 주었다.

반면에 프랑키노는 갑자기 몸을 일으키더니 어딘가로 가 버렸다. 청중석에 자신을 추종하는 무리가 있었음에도 기분이 상한 듯했다. 난 어떤 방법으로든 그에게 상처를 주지 않았기만을 진심으로 바랐다. 어머니와 아버지들, 그리고 할머니와 할아버지들, 자식들과 손주들의 미래를 걱정하는 선량한 일군들과 잠시 대화를 나눈 뒤에, 난 일부러 그의 곁을 지나치며 예의 바르게 손을 들어 인사를 건넸다. 그가 보기에는 분명 황당한 일이었을 것이다. 저 사람이? 나한테? 인사를? 그가 놀란 눈빛으로 날 쳐다보았다. 지독한 미움과 나한테 당장 할 말이 있다는 마음 사이에 갈피를 잡지 못하겠다는 듯 나의 눈치를 살폈다. 어쨌든 우린 무슨 말이든 해야만 했다. 청중들이 아직 우릴 둘러싸고 있었고, 우리가 하는 말을 전부 다 듣고 있었다.

"가시게요?"

"네, 시간이 늦었어요."

"잠깐 기다리세요."

"그러죠."

그가 웃옷을 집어 들고 자동차를 세워 둔 길가까지 날 따라나왔다. 그리고 나직한 소리로 말했다.

"기분 나빴죠?"

"뭐가요?"

"제가 너무했어요. 왜 그랬는지 모르겠어요. 오래전부터 내 안에 맺힌 풀리지 않는 응어리가 있어요. 하지만 전 원래 그런 사람이 아니란 걸 믿어주세요. 적어도 그러고 싶지 않다는 것을요. 오늘 저녁에 당신이 이야기하는 내내 자신에게 물었어요. 대체 내가 뭐에 씌워서 그런 말을 했을까, 어떻게 그런 말을 할 수 있었지, 무슨 근거로? 정말 죄송하게 됐습니다."

"죄송해할 거 없어요. 선생님 얘길 듣고 저 자신을 되돌아보게 되었습니다."

가식이 아닌 진솔한 말이었다, 아니, 적어도 그 순간에 난 그렇게 느꼈고, 기분이 좋아졌다. 그의 넋두리와 혼란스러운 후회마저도 나의 감정인 양 공감할 수 있다는 사실이 기뻤다. 프랑키노의 손을 붙잡고, 나의 전화번호를 알려주며 당부했다. 연락하세요. 시간 될 때 한번 만나서 토론을 이어가 봅시다.

그날 저녁의 일을 통해, 이미 일상으로 자리 잡은 자신에 대한 만족스러움이 한층 굳어졌다. 사실 그전까지는 나 자신이 말과 행동이 다른 사람일지도 모른다는 걱정을 달고 살았었다. 테레사가 계속 주장해 왔던 것처럼, 말과 행동이 따로 노는 나약한 사람은 아닐지 말이다. 하지만 그날의 강연 이후로 이전에 나의 모습, 허둥대고, 무례하고, 배배 꼬이고, 방정맞은 배신자의 모습으로 되돌아갈 가능성은 매우 낮다는 사실을 실감했다. 테레사가 구축한 협박과 구원 또한 우리 사이에 연락이 끊어지지 않게 하려고 만들어 낸 수단일지도 모른다는 생각마저 들었다. 사실 그녀가 고안해 낸 방편은 우리가 타고난 기질을 바꾸는 데 실질적인 영향을 끼치지 않았다. 적어도 나한테는 그랬다. 어쨌든 난 이제 떳떳하게 자신을 향해 말할 수 있게 되었다. 정말이지 새로운 사건이었다.

사실 지금까지는 그런 걸 따져보고 싶은 마음조차 없었다. 어릴 적부터 난 내가 선량한 사람 편에 서 있다고 생각하며 살아왔다. 나이가 많고 적고를 떠나서 인간이라면 누구나 그렇듯, 나에게도 인생 초반에는 격동기가 있었지만, 그리 심각한 정도는 아니었다. 다행히 시간이 흐름에 따라 모든 게 차차 자리를 잡아나갔다. 진심으로 사랑하는 아내처럼 테레사에게 나의 모든 생각과 감정들을 털어놓는 편지들을 써 왔고, 여전히 쓰고 있다. 이제 나의 목표는 단순히 올바른 길을 가지 못할까 불안해하는 게 아니다. 난 그보다 한 층 높은 차원의 내가 되길 바란다. 이제 난 변두리의 작은 강당에서 보여주었던 나의 모습을 영원히 지켜나갈 것이다. 완벽한 나, 내가 생각해 왔던 나의 모습과 완벽하게 일치하는 나 말이다.

24

이후로도 난 자신에 대한 신뢰를 지켜나가고자 애썼다. 틸데 그리고 이트로와 어울려 지내던 나디아는 이트로의 아내 이다와 집을 옮기는 일에 대해 의논하는 사이가 되었다. 그녀는 아주 가끔 일거리가 들어오는 시원찮은 실력의 피아니스트였다. 깡마른 몸매에 늘 검은 옷을 입고 다녀서인지 마치 과부처럼 보이는 여자였다. 나의 아내는 두말할 여지 없이 다른 여자가 되어 있었다. 본래 얌전하고 고분고분한 성격이었지만, 세 번의 출산을 거치며 에너지가 넘쳐흐르는 적극적인 여성으로 변모해 나갔다. 나의 친구들과 지인들에게 더없이 잘해 주었고, 언제라도 그들에게 실질적인 도움을 베풀어 주었다. 아내 덕분에 우리 가족은 노멘타나 거리 끝자락을 벗어나 테베레 강변에 인접한 플라미니오 거리에 집을 구해 나올 수 있게 되었다. 이트로의 호화로운 주택에서 가까운 거리에 있는 집이었다. 이사 초기에 혼란스러운 시기가 지나자, 어느 모로 보나 안정기에 접어들었다. 새로운 변화에 적응하느라 힘들어했던 엠마와 세르지오, 에르네스토도 가족의 상황이 나아졌다는 사실을 실감하게 되었다. 이제 우리는 환하게 빛이 드는 집에 살고 있었다. 남자아이 둘은 넓은 방에서 같이 지냈고, 엠마는 작지만 자기 방이 생겼다. 나디아는 테베레 강이 내려다보이는 방에 자기 서재를 꾸몄다. 난 소박한 크기의 베란다가 딸린 테라스를 배정받게 되었는데, 난간 너머로 안테나와 지붕과 굴뚝들이 보였고, 아래를 내려다보면 아주 깊고 어두운 우물이 있는 회랑이 보였다.

이사하고 나서 얼마 동안 우리 부부는 변두리에 있는 학교에서 가르치는 일을 계속했는데, 정말이지 쉽지 않은 일이 되어버렸다. 우린 오전 5시 반이면 일어나야 했고, 그마저도 식구들을 챙기느라 늘 시간에 쪼들렸다. 그러던 중에 이트로가 고맙게도 시내의 이름난 고등학교에 내 자리를 알아봐 주었고, 아내가 집 근처에 있는 기술고등학교에서 수학을 가르칠 수 있도록 손을 써주었다. 그렇게 난 조금은 감회에 젖어서 내가 일했던 학교를 영원히 떠나게 되었다. 스물네 살이 되던 해에 그곳에서 아이들을 가르치기 시작했고, 그곳에서 열여섯 살의 테레사를 알게 되었으며, 3년 동안 그녀를 가르쳤고, 대학 교수가 되고 싶어 했던 나디아를 처음 만난 곳이기도 했다.

　새로운 학교에서 만난 사람들은 처음에는 날 예의 바르게 대해 주었고, 다음으로는 적개심을 드러냈으며, 마지막으로 얼마 지나지 않아서, 정말이지 얼마 되지 않아서 나에게 호감을 표했다. 일부 선생님들과 몇몇 학생들의 무리가 날 적대시했던 건 어찌 보면 당연한 일이었다. 내가 쓴 칼럼을 읽어본 사람이라면 누구나 알 수 있듯이, 난 지위를 막론하고 아무 생각 없이 기계적으로 일한다거나, 일이든 공부든 대충대충 넘어가는 꼴을 그냥 넘기지 못하는 사람이었다.

　하지만 얼마 지나지 않아 그 시절에 날 놀라게 했던 여러 가지 일 중에서도 깜짝 놀랄만한 일이 벌어졌다. 내가 거의 잊고 있었던 프랑키노가 나에게 전화를 걸어왔다. 그를 만나서 맥주 한 잔을 마시며 기나긴 대화를 나눴다. 그로부터 그는 한 주 건너 한 번씩 나에게 연락을 해왔다. 우린 아주 친한 사이가 되었고, 그는 이따금 내가 일하는 학교로도 찾아왔다. 새로운 학교에 부임하고 나서야 난 그가 얼마나 유명한 인물인지를 비로소 알게 되었다. 그는 정치 노조 계통에서 매우 촉망받는 인물이었고, 특히 새로 부임한 학교에서 날 비판하는 사람들이 그의 주된 추종자였다. 그 사람들은 내가 프랑키노와 학교 현관에서 대화를 나누는 모습을 보고 큰 충격을 받았다. 어떤 사람은 조심스럽게 다가와 우리가 나누는 대화를 엿듣기도 했고, 어떤 사람은 나중에 나에게 이런 질문을 하기도 했다. 아는 분이예요? 두 분이 친구 사이예요? 얼마 동안은 내가 누구인지 다들 혼란스러워하는 눈치였다. 누굴까? 반동주의자? 같은 길을 가는 진실한 동지? 어떤 이들은 서둘러 날 그들이 속한 정치적 문화적인 범주에 넣어 분류하려고 했고, 어떤 이들은 프랑키노가 나의 글에 대한 몇 마디 찬성의 말로 공식적인 무게를 실어주었다는 사실만으로 날 우러러보기도 했다. 그렇게 얼마 지나지 않아 난 아무런 어려움 없이 학교에 적응할 수 있게 되었다. 날 비난했던 사람과 좋은 관계를 맺은 덕분이었다.

테레사와 계속 편지를 주고받고 있었던 나는 프랑키노에 대해 많은 이야기들을 편지에 썼다. 그녀는 내가 과거에 친했던 친구들과 얼마나 안 좋게 헤어졌는지 떠올려 보라고 했다. 내가 얼마나 사람들과 금세 친해졌고, 그에 못지않게 금세 헤어졌는지를 말이다. 그녀는 두어 번에 걸쳐서 모든 과정을 곁에서 낱낱이 지켜본 산 증인이기도 했다. 그녀의 말이 옳았다. 내가 프랑키노와 친분을 맺게 된 건 새로운 사건이 아니었다. 오래전부터 난 남녀를 따지지 않고 친밀한 관계를 형성하는 일에 집착해 왔다. 돌이켜 보면 아주 어린 시절부터 함께 놀던 반 친구들을 비롯해 다른 친구들과도 아주 돈독한 사이가 되었다. 하지만 그런 다음에는 무슨 일이 벌어졌더라? 방법은 달랐지만, 너나 할 것 없이 모두가 지나치게 밀착된 관계로 인해 힘들어했고, 의문을 가졌고, 결국은 다들 기억의 저편으로 사라져 버리고 말았다. 특히나 여자들에게 있어서는 비극이었다. 내가 경험했던 애정 관계의 대부분은 고통스러운 이별로 막을 내렸다. 반면에 남자들을 정확한 이유를 대지 못하고 무심한 듯이 말했다. 우리 그만 보는 게 낫겠다.

난 그런 성향으로 인해 상처를 받아왔고, 내가 늘 걱정하는 부분이기도 했다. 마치 처음에는 열정적으로 읽기 시작했지만, 서서히 흥미를 잃으며 결말에 대한 기대감이 사라져 버린 책 같았다. 나의 어머니 또한 그런 식이 아니었던가? 난 어머니가 편애하는 아들이었지만, 가족 간의 사랑이 고통을 지울 만큼 대단한 건 아니었다. 아버지는 어머니를 믿을 수 없는 여자라고 여겼고—그럴 만한 계기도 있긴 했다—늘 어머니를 향해 소리소리 질러댔다. 어머니 또한 고함으로 맞받아쳤다. 사실이 아냐. 당신은 미쳤어. 일어나지도 않은 일을 본 것처럼 우기잖아. 난 아버지와 어머니, 두 사람 모두에 대해 이루 말할 수 없는 고통을 느꼈다. 그리고 곧 그 둘에게서 거리를 두고, 둘을 훨훨 날려 보내고, 둘에 대한 나의 사랑을 지워버렸다. 그렇게 나도 모르는 사이에 난 모든 이들에 대한 사랑을 지워버렸다. 여덟 살 혹은 아홉 살밖에 안 되었을 적에 나의 차디찬 생각들이 떠오른다. 만일 엄마가 창녀라면, 난 자신을 향해 말했다, 아빠는 소리만 질러서는 안 돼. 엄마를 죽여야 마땅해. 만일 그렇지 않다면, 엄마를 그만 괴롭혀야 해. 그렇지 않았다가는 내가 빵칼을 들고 아빠가 잠든 사이에 찔러 죽여버릴 거야. 저 멀리 보이는 무언가처럼 아무런 감정도 없이, 한번은 아빠의 피가, 또 한번은 엄마의 피가 눈에 선했다. 한번은 부엌에서, 우리의 비참했던 나폴리 집 부엌에서—1940년대 말이거나 1950년대 초반이었다—어머니가 내 눈빛에 쓰여 있던 무언가를 읽었고, 아니, 내 입술에 서려 있던 냉소를 알아챘고, 내가 자기를 질리게 한다고 말했다. 질리게 한다니? 내가? 날 질리게 하는 건 그들이었다. 엄마의 말을 듣고 내가 얼마나 힘들어했는지 모를 것이다. 엄마를 질식시켜 버리고 싶을 정도로 나의 가슴을 후벼파는 말이었다. 혹시라도 엄마가 날 쓰다듬어 주지는 않을까 종종 엄마 곁에서 얼쩡거리기도 했지만, 내 기억으로 그런 일은 일어나지 않았다.

하지만 이제—1980년대에 접어들자—아무도 나한테서 떨어지려 하지 않았다. 셋씩이나 되는 자식들이 끊임없이 날 찾았고, 사람들은 내가 쓰는 글과 썼던 글을 계속 읽고 있으며, 이트로 또한 날 챙겨주었고, 틸데도 날 좋아했다. 새로 이사 온 집에는 젊은이, 노인네, 남자, 여자를 막론하고 날 흠모하는 팬들이 들락거렸고, 모두가 나와 함께 더 많은 시간을 보내고 싶어 했다. 과거에 날 혐오했던 프랑키노마저도 날 붙들고 놓아주려 하지 않았다. 그가 집에 찾아올 때면 다른 손님들이 돌아간 뒤에도 늘 한 시간씩 더 머물러 있는 게 습관이 되었다. 한 번은 그가 나에게 조심스럽게 물었다.

"여자관계는 어때? 만일 내가 당신 정도 외모였다면 여자들이 줄줄 따라붙었을 텐데."

"다른 여자 같은 건 없어, 난 아내밖에 몰라."

그가 물어야 할지 말지 의문에 찬 눈빛으로 날 한참 쳐다보았다.

"그럼, 당신 부인은?" 결국 그가 나에게 물었다.

"내 아내가 뭘?"

"당신 부인도 당신밖에 모를까?"

25

기분 나쁜 질문이었다. 나디아는 우리가 원하는 그림이 제대로 그려지도록 모든 걸 도맡아 하고 있었다. 늘 내 뒤를 따라다니며 챙겨주었고, 나 또한 그런 아내를 몹시 소중한 존재라 여겼다. 그러나 한편으로 그녀의 지나친 배려가 날 불편하게 만드는 것도 사실이었다. 우리의 삶이 성공했다는 걸 그녀가 지나치게 강조할 때마다 난 이렇게 생각하곤 했다. 아내는 자신을 속이고 있는 거야. 아무래도 뭔가 잘못되어 가고 있어. 어떤 날에는 나의 계속되는 성공을 축하해 주었고, 다음 날이 되면 우리 가족의 문제에 대해서는 그녀만 알고 있고, 난 아무것도 모른다는 사실을 신문에 대서특필해야 한다는 식의 태도를 보였다. 그녀가 기뻐하든지 기분 나빠하든지 간에 꺼림칙한 기분을 좀처럼 떨쳐버릴 수 없었다. 하여간에 나의 결론은 이거였다. 모순처럼 들리겠지만, 아내는 내가 순전히 운이 좋아서 이 자리까지 오게 된 게 불만이었으며, 자신이 한때 사랑에 빠졌던 시시한 선생님이었던 나를 그리워한다는 사실이었다.

좀 더 정확히 말하자면, 나의 아내는 내가 무언가가 되어가고 있다는 사실을 두려워하고 있었다. 그녀는 오래전부터 지녀왔던 새로운 것들에 대한 경계심을 앞세워 날 힘들게 했고, 공격의 정도 또한 점점 심해져 가고 있었다. 나의 성공을 우리의 결혼생활과 아이들을 위협하는 요소라 여겼고, 무엇보다 내가 그녀를 지나치게 힘들게 하고 있다고 여겼다. 야망이라고는 가져본 적이 없었던 나는 운명이 허락한 포상을 받았고, 그녀, 그리도 야망이 넘쳤던 그녀는 자신의 영역에서 능력을 발휘할 기회조차 얻지 못한 채 물러나야만 했다. 무슨 말을 더 해야 할까? 그러므로 나디아는 가슴에 훈장을 달지 못한 용사였으며, 우리의 관계가 한쪽으로 치우치거나 무너지는 걸 막기 위해 내 가슴에 달린 훈장까지 잡아 뜯으려 하고 있었다.

때로 그만한 자질이 없는 내가 순전히 운이 좋아서 잘 나간다는 사실을 증명하려고 날 감시하는 것 같기도 했다. 그녀

자신이 나처럼 주어진 일을 잘 해내지 못한다거나, 사람들 앞에서 나처럼 호감을 주지 못한다거나, 심지어 엠마, 세르지오, 에르네스토가 엄마보다 날 더 좋아한다고 느낄 때면, 자신이 나보다 덜 빛나기 때문이라 여겼고, 그럴 때마다 난 얼른 아내의 머리에 빛나는 왕관을 씌워주어야만 했다. 그녀는 때로 공격적이었고, 때로 부드러웠으며, 때로 쌀쌀맞았고, 때로 압도적이었다. 그녀의 불안한 심리는 자신뿐만 아니라 나에게도 그만큼의 고통을 안겨 주었다.

그런 상황을 내버려 두는 건 절대 바람직하지 않았다. 언제부터인가 평소와는 다른 아내의 행동거지가 내 눈에 띄기 시작했다. 그전에도 난 아내에게 내가 좋아하는 사람들에 관해 떠들어대곤 했는데, 아내는 별다른 관심을 보이지 않았었다. 하지만 어느 순간부터 내가 그런 이야기를 들려줄 때면, 아내의 눈이 초롱초롱해지면서 그 사람들에게 극도로 관심을 보이기 시작했다. 관심의 대상으로 지목된 남자들이 보란 듯이 한껏 멋을 부렸고, 길고 활기찬 대화를 이어 나갔고, 많이 웃었고, 그윽한 눈빛으로 상대방의 눈을 바라보며 이야기를 들어주었다. 그녀의 불타오르는 열정을 받아줄 새로운 인물의 등장 따위는 필요 없었다. 이트로만으로도 충분했다. 이트로 또한 아내의 그런 행동에 정신이 나갈 지경이었다. 몇 년 동안 알고 지내왔던 아내와 갑자기 그렇고 그런 사이가 되었다는 사실을 믿을 수 없는 듯했다. 아름답고, 똑똑하고,

자신에게 지대한 관심을 보이는 여자, 그녀가 비쩍 마르고, 머리숱이 적고, 뒤뚱거리며 걷는 자신과 산책을 하고, 영화관에 가고, 극장에 가고, 연주회에 간다는 사실을 말이다. 늘 새카만 옷만 입는 이트로의 아내는 둘 사이가 그처럼 친밀해지는 꼴을 보며 한층 더 시커멓게 변했다. 가시 돋친 말을 내뱉으며 자신의 선량한 남편이 부드러운 나의 아내 곁에서 떨어질 때까지 언제까지라도 기다릴 참이었다.

반면에 난 눈썹 하나 까딱하지 않았다. 당신이 뭘 할 수 있겠어. (테레사는 날 놀리는 투로 편지에 이렇게 썼다.) 저명한 교육학자랑 맞짱을 뜨고 따귀라도 날리게? 둘이 결투라도 벌이거나, 캄캄한 데 숨어서 기다렸다가 목줄이라도 따놓게? 정신 차려, 이트로가 당신 부인이 싫다는 데 억지로 끌고 나간 것도 아니잖아? 아니, 당신이 내 편지를 읽고 있는 지금 그런 상황이 벌어지고 있다고 치자. 당신한테 그 사람을 욕할 자격이 있기나 해? 그 사람은 당신이 과거에 애인 있는 여자나 결혼한 여자 수백 명이랑 했던 짓을 그대로 하고 있을 뿐이야. 당신은 우리가 같이 지낼 적에도 그따위 짓을 했잖아. 그러니까 입 닥쳐, 긴장 풀라고, 상황을 받아들여. 당신 부인은 당신이 좋아하는 사람이라면 누구라도 침대에 데려갈 준비가 되어 있어. 그 사람이 당신보다 자길 더 좋아한다는 걸 보여주기 위해서 그러는 거야. 당신이 거저 얻은 성공을 자기는 얻지 못했단 걸 보상받기 위해서.

빈정거리는 투의 가학적인 말들. 테레사는 늘 퉤 하고 침을 뱉듯 아무렇지도 않게 그런 말들을 내뱉곤 했다. 하지만 따지고 보면 틀린 말은 아닌 것 같기도 했다. 나디아는 아무하고나 되는대로 바람을 피우는 게 아니었다. 상대는 죄다 내가 좋아하고 어울려 다니는 이들이었다. 신체적으로만 보면 매력이라고는 눈곱만치도 없는 이들, 공부에 찌들어 외모가 망가진 사람들, 이런저런 방법을 써가며 아이들을 가르치느라 쇠잔한 선생들, 하여간에 아내는 그런 사람들과 잘도 어울려 다녔다. 당신한테 무슨 일이 벌어지고 있는지 잘 봐, 엑스 학생은 나에게 일침을 날렸다. 하긴 당신 같은 남자는 드물긴 하지. 키는 190센티에, 윤기가 좔좔 흐르는 숱 많은 머리카락, 거시기도 그만하면 제법 쓸 만하고, 파란 눈동자에 길고 짙은 신비로운 속눈썹. 사람들은 이제 당신을 사랑하고 갈망해. 당신과 같이 있고 싶어 하고, 당신을 붙들고 싶어 해. 근데 어쩌지, 이제 당신과 그 사람들 사이에 관계가 꼬이기 시작하는 거야.

하지만 그다지 설득력 있는 가설은 아니었다. 아니, 테레사 스스로 그런 가정을 집어치우고 새로운 의견을 제시하기 시작했다. 그녀는 나에게 이런 편지를 보냈다. 알지도 못하면서 심리 전문가라도 되는 듯이 구는 건 집어치우자. 제일 심각한 문제는 늘 그렇듯 바로 당신이야. 그리고 다음과 같이 말을 이어갔다. 당신은 늘 질투심 같은 건 없다고 했었잖

아. 거짓말, 창피한 줄도 모르고 거짓말을 지껄이다니. 바람을 피울 권리는 당신한테만 있는 줄 아나 보지. 딴 사람들이 당신을 상대로 그런 짓을 하니까 배가 아프고, 생각만으로도 미쳐버릴 것 같지? 당신이 날 얼마나 힘들게 했는지 내가 잊었을 줄 알아? 결국 그녀는 나의 아내를 감싸며 공격을 이어갔다. 나디아는 그저 남자들한테 호감이나 사려고 친절하게 구는 것뿐이야. 당신 머리가 돌아버려서 일어나지도 않은 일이 눈에 보이나 보지. 그러니 당신이나 조심하셔.

　어떤 편지에서는 내가 상황을 직시하고 균형을 잃지 않도록 도와주려고 애썼던 반면, 또 다른 편지에서는 분노를 참지 못하고 날 협박하기도 했다. 바다 건너 그녀가 써 보낸 문장들이 마치 잔인한 유령의 목소리처럼 날 괴롭혔다. 혼란스러운 널뛰기가 계속되자, 난 내 인생의 과거 중 가장 참혹했던 시절, 어린 시절과 유년 시절로 되돌아간 것 같았다. 내 안에 있던 혐오스러운 측면이 다시금 고개를 들고 있었다. 대책을 세워야만 해, 난 생각에 잠겼다. 나도 애인을 만들어야겠어. 불륜은 불륜으로 응징해야지. 하지만 이내 기분이 우울해지면서, 그런 생각은 멀찌감치 달아나 버렸다. 나 자신에게 타일렀다. 그냥 소문일지도 몰라. 내가 아무리 눈에는 눈, 이에는 이라고 한들 무슨 소용이 있겠어. 중요한 건 나디아가 진짜로 바람을 피우는지 아닌지 하는 거지. 갑자기 나의 눈앞에 확대경을 들이댄 것처럼 생생한 장면들이 펼쳐지기 시작했다. 아내가 보여주었던 친밀한 행동, 애정이 담긴 문장, 지나친 관심, 명랑하고 예의 바른 말투 뒤에 숨겨진 가증스러운 욕망. 그러나 어쨌든 명백한 불륜의 증거는 없었다. 그야말로 제로였다.

한 번은 정신 나간 사람처럼 테레사에게 이런 편지를 쓰기도 했다. 만일 나디아가 바람을 피운다는 걸 알게 된다면... 그러자 그녀는 종합적인 내용이 담긴 긴 답장을 보내왔다. 당신이 쓴 생략 부호가 뭘 뜻하는지 설명해 봐. 바람을 피운다면 나디아를 죽여버리겠다는 거야? 난 그녀에게 바로 직설적인 답장을 써 보냈다. 아마 그럴지도 모르지. 어릴 적에도 난 아버지에게 그런 말을 암시했던 적이 있었다. 그러니 이제 다 커서 그런 말을 암시하지 말라는 법은 없지 않은가? 그러자 테레사는 이제껏 없었던 투로 나에게 답장을 보내왔다. 장난기라고는 찾아볼 수 없었다. 빈정거림도 독설도 없는 사뭇 진지한 투였다. 생각조차 하지 마. 무슨 일이 벌어질지 몰라서 그래.

그렇다, 나도 잘 알고 있었다. 난 나디아의 거침없는 행보를 바라보며 숨 막힐 정도로 위험한 반응으로 자신을 몰아넣고 있었다. 가슴 한편에 억눌러 왔던 어린 시절의 그 무감각이 떠오르자, 두려움이 밀려들었다. 어머니가 창문 밖으로 뛰어내리겠다고 소리치며 집 밖으로 달려 나가자, 아버지는 욕설을 퍼부으며 어머니를 뒤쫓아 갔다. 난 그때 종이 인형 놀이를 하고 있었다. 종이 위에 눈, 입, 체크무늬 셔츠, 바지, 부츠, 카우보이 권총이 달린 허리띠를 그린 다음 가위로 반듯하게 오려냈다. 나를 둘러싼 주위에서 아무 일도 벌어지고 있지 않는다는 듯이. 안 돼, 그 시절로 되돌아가는 게 두려웠다. 다시금 균형을 되찾고 싶었다. 다시금 반추해 보고 싶었다. 난 믿음직스러운 남편의 역할을 다하고 있었고, 나디아는 아마도 믿을 수 없는 아내로 변모하고 있었다.

하지만 내가 믿을 만한 남편이라고 해서 아내 또한 그래야만 한다는 이유는 없지 않은가? 사실 나 또한 아내에 대한 사랑 때문에 정절을 지키는 게 아니었다. (나 자신에게 털어놓았다.) 더욱 폭넓은 신뢰 관계가 낳은 효과, 테레사와의 교류 때문이었다. 시간이 지날수록, 먼 곳에 사는 그 여자, 수년 동안 얼굴 한 번 보지 못했던 그녀와의 관계가 그토록 깊다는 사실을 새삼 깨닫게 되었다. 나만 아는 우스갯소리로 그녀를 상상 속의 배우자라고 부르기도 했다. 그렇다면 나디아는 뭐지? 내가 이뤄낸 것들을 못마땅해하는 중년 부인, 나로 인해 짓눌린 무게를 다른 사람들에게 뒤집어씌우기나 하는 그런 여자였다. 반면에 테레사는 한순간도 날 포기한 적이 없었다. 대륙을 넘나들며 그토록 성공적이고 바쁜 일정을 소화하면서도, 그녀는 나에게서 주의를 돌리지 않았다. 나에게 재갈을 물리고, 빗질을 해 주고, 각설탕을 입에 넣어 주고, 나로 하여금 입에 거품을 물게 만들고, 나 자신을 돌아보도록 만들어 주었다. 그녀 덕분에 난 원하긴 했지만 될 수 없었던, 완벽한 남자가 될 수 있었다.

그러나 어쨌거나 현실은 난 나디아의 남편이었고, 그런 현실이 때로 다른 모든 남편처럼 날 우스꽝스럽게 만들기도 했다. 쓰라린 나의 마음은 좀먹은 스웨터처럼 너덜너덜해져 버렸다. 아내와 대화할 때면 상처받기 일쑤였고, 그럴 때마다 울컥하는 마음에 문을 쾅 닫거나, 물건을 내던지고 싶었지만, 매번 자신을 향해 혼잣말을 중얼거리는 게 고작이었다.

"어디 갔다 오는 거야?"

"서점에."

"집 아래 있는 서점?"

"트라스테베레에 있는 서점."

"헤픈 여자처럼 차려입고 서점에서 4시간씩이나 있었다고?"

"스테파노 친구가 북토크를 했거든."

스테파노는 당연히 이트로였다. 집안에서는 아이들까지 모두가 그를 성씨로 불렀다. 최근 들어 나디아만 그를 친근한 이름으로 부르고 있었다.

"왜 나한테 말 안 했어?"

"당신도 아는 줄 알았지."

"몰랐어. 당신이 말했으면 같이 갈 수도 있었을 텐데."

"스테파노가 당신은 빼고 나만 초대하고 싶었나 보지."

"아님, 당신이 혼자 가고 싶었던가."

"그게 뭐가 어때서? 이제 나도 혼자만의 시간을 갖게 좀 내 버려 둬."

"혼자만의 시간이 너무 많은 거 아니야?"

"당신은? 당신도 당신 멋대로 하잖아, 나도 내 인생이 있 어."

"당신 인생이란 게 뭔데? 나 없는 인생?"

"당신 지금 질투하는 거야?"

"이트로한테? 웃기지 마, 이트로는 나한테 아버지나 마찬 가지야."

"당신은 늘 아버지를 증오했잖아."

"뭔 소리야? 당신이 내 어린 시절, 내 소년 시절에 대해서 뭘 안다고 그래? 됐어, 관두자. 북토크는 어땠어?"

"뭐, 작가는 별 볼 일 없었지만, 이트로는 대단했지."

"그랬겠지."

"그랬겠지가 아니라 그랬어."

어느 순간, 난 무너지지 않으려거든 무슨 조치든 취해야만 한다는 생각이 들었다. 우선 아내 앞에서는 누굴 막론하고 지나치게 공을 돌리거나 치켜세우는 일을 피하기로 했다. 하 지만 아내는 이미 나의 속내를 다 꿰뚫어 보고 있었다. 내가 뭘 걱정하고 무슨 생각을 하고 있는지, 속속들이 말이다. 나 에게는 은인이나 다름없었던 이트로에 대해 가차 없는 판단의 말을 하고, 그를 둘러싼 지저분한 소문들을 아내에게 들려주기도 했다. 그러다 보니, 관점이 흐려진다는 게 뭔지 알 수 있었다. 나도 모르는 사이에 나의 내면을 방관했고, 끊임없이 남들의 뒤를 캐며 험담이나 늘어놓고 있었다. 나 자신과 남들에 대해 지나치게 절망하지 않으려면 보고도 못 본 척해야만 했다. 누구보다도 나디아를 위해서 그래야만 했다.

어쨌거나 난 확실히 운이 좋은 남자였다. 가차 없이 남들을 비판하는 태도를 보이자, 사람들은 오히려 날 더욱 따르고 존경하게 되었다. 누구보다도 프랑키노가 전에 없이 날 지지하며 따라다녔다. 그러자 나디아가 질세라 그에게 관심을 보이기 시작했다. 어느 날 오후, 아내와 나와 셋이 함께 있던 자리에서 프랑키노가 나에게 한 가지 제안을 했다. 자신이 주요 직책을 맡고 있는 급진 좌파 정당에 입당하는 게 어떻겠느냐고 말했다. 그의 설명에 따르면, 다음 선거에서 나와 둘이 후보로 출마하는 계획을 세우고 있노라고 했다.

"멋진 한 쌍이 되겠네요." 나디아가 외쳤다.

난 셔츠 앞 단추를 두 개씩이나 풀어헤친 아내를 째려보았고, 그녀는 가슴이 보일락말락 하는 지점에 꽂힌 내 비난의 눈동자를 모른 척 외면했다.

그 시절에 내가 얼마나 괴로웠던지, 누군가 날 아주 작은 파편이 될 때까지 도려내는 심정이었다. 그럼에도 학교 일과 출판과 관련된 일들은 술술 잘도 풀렸다. 토론이 열릴 때마다 청중들이 모여들었고, 드디어 난 난해한 정치적 판단을 내려야 하는 자리까지 불려 나가게 되었다. 프랑키노가 원했던, 아니 어쩌면 나도 원했던 그런 자리였다. TV로 생중계되는 의회에서 열린 토론회장에서 난 근사한 모습으로 제대로 역할을 해냈다. 하지만 그런 따위가 무슨 소용이란 말인가, 나의 내면 한구석에는 불만족이 자리 잡고 있었고, 틈만 나면 우위를 점령하려 들었다.

 과연 진실이란 게 있기는 한 걸까. 내가 절대적으로 진실하다고 믿었던 것들, 잔뜩 몰입해서 소설을 읽거나 영화를 보고 난 뒤에 몽땅 거짓이었단 걸 알게 되는 그런 게 아닌 진짜 진실 말이다. 학교의 운명, 불평등이 낳을 돌이킬 수 없는 결과, 효율적인 교육의 형태, 늘 써 왔던 주제들로 글을 쓸 때마다 나의 사고뿐만 아니라, 손과 손가락, 양쪽 다리까지도 진실이 무엇인지에 대한 의문에 젖어 드는 느낌이었다.

 어느 날 아침이 되자, 난 열이 올라서 학교에 갈 수 없었다. 아무것도 하고 싶지 않았던지라, 나의 베란다 유리창 너머로 테라스 밖을 내다보고 있었다. 지붕, 비둘기, 까마귀, 갈

매기, 하늘이 보였고, 날씨는 흐렸다. 난 자신을 두둔하는 생각을 해 보기로 했다. 지금까지 잘 살아왔잖아. 무엇보다 자식들이 날 믿고 따르는 걸 보면 그렇지. 생각이 꼬리를 물기 시작했다. 그렇다면 엠마, 세르지오, 에르네스토가 왜 날 믿고 따르는 걸까? 그 아이들한테 난 진실과 거짓 중 어떤 걸 심어 줬을까? 지금 나 자신을 칭찬하는 건 내가 그 아이들한테 좋은 모습을 보여줘서일까 아니면 나 자신을 잘 숨겨왔기 때문일까?

더 이상 주술 따위는 없기만을 바랐다. 단언컨대 난 훌륭한 남자였다. 최근 들어 늘 편지를 주고받았던 테레사와의 관계에 금이 가고 있었다. 인도 위에 분필로 그려 놓은 그림이라고나 할까. 비가 오거나 사람들이 밟고 지나가면 엉망으로 뭉개져 버리기 십상이었다. 얼마 전에 내가 나디아와 프랑키노 사이가 의심된다는 내용의 편지를 보내자, 테레사가 날 심하게 공격했다. 나의 논리를 차근차근 설명하는 답장을 보내려고 했지만, 이내 절망에 빠져든 난 이렇게 쓰고야 말았다. 내가 상상하는 걸 갖고 날 판단하지 마. 너 때문에 화가 나서 미칠 지경이야. 이제 아내의 목이 아니라 비행기를 타고 날아가서 네 목줄을 따놓고 싶다고. 몇 주가 지나도록 그녀는 아무런 반응도 없었다. 이상할 건 없었다. 테레사는 원래 편지를 많이 보내지도 않았고, 소식이 끊긴 적도 있었다. 드디어 도착한 편지에서 그녀는 나의 피비린내 나는 분노는 제쳐두고, 말도 안 되는 이유로 폭발했다. 전에 한 번 그녀가 유럽을 순회하며 세미나를 할 거라는 편지를 보냈던 적이 있었고, 난 이렇게 답장을 보냈다. 네가 어디로 가는지 알려주면 내가 그쪽으로 갈게. 그녀가 열을 받은 건 나의 대답 때문이었다. 당신이 온다니, 무슨 자격으로. 나한테 당신이 뭐길래, 당신한테 내가 뭐길래, 당신한테는 당신 인생이 있고 나한테는 내 인생이 있어. 당신이 뭔데 날 협박해. 나랑 당신 사이에는 이제 아무것도 없어. 사랑도 증오도 아무것도 없어. 그녀는 더 이상 편지를 보내오지 않았다.

   그녀가 그리웠다. 무기력한 그날 아침처럼 열이 나고 생각이 복잡해질 때면 더더욱 그랬다. 최근 들어, 난 담배를 끊었고, 커피도 마시지 않았으며, 저녁 식사 때마다 한잔씩 하던 포도주도 마시지 않았다. 내 삶의 이야기가 불현듯이 떠오를 때마다 소소한 절제를 실천하는 방법으로 자신을 지켜내려 애썼다. 이제껏 살아오면서 내가 이뤄낸 만족스러운 성취에 관한 이야기가 아닌, 삶 속에서 나의 존재 자체에 관한 이야기였다. 나, 우주의 톱니바퀴에서 떨어져 나온 한 개인이라는 명사를 지닌 나에 관한 이야기. 생각하면 할수록 인생에 있어서 다스리고, 가르치고, 닦아나가는 게 무슨 의미가 있을까 싶었다. 그토록 애를 쓴들 이생에서의 이득과 천국에서의 상급이 보장되는 건 아니지 않은가. 졸음이 밀려왔다. 시계가 11시 35분을 가리키고 있었다. 나디아와 아이들은 교실에 틀어박혀 있을 시간이었다. 조금 춥긴 했지만, 가을바람이 불어오는 테라스로 나가 보았다. 흰 구름이 흩어진 하늘을 한번 쳐다보고, 난간 아래로 몸을 숙여 밑을 내려다보았다. 테레사는 어디에 있을까? 세상 어느 도시에 가 있는 걸까? 그렇다, 그 순간까지만 해도 난 운이 좋은 남자였다. 나에게 찾아왔던 행운은 대개가 그녀로부터 비롯되었고, 그녀는 여전히 늘 나를 두렵게 만들고 있었다. 순간 이런 생각이 들었다. 지금 당장 그녀가 나타나서 날 떠밀어 버린다면?

두 번째 이야기

1

내가 문제다. 나의 성격, 내가 받아온 교육, 나의 직업이 날 그렇게 만들어버렸다. 세월이 갈수록 세 가지 요소가 긴밀하게 작용하는 바람에 남편이 둘씩이나 나한테서 도망쳤다. 남은 건 네 명의 자식들, 미적지근한 사랑, 이글이글 타오르는 증오밖에 없었다. 난 딸만 넷을 낳았다. 딸들을 키우며, 참호를 지키는 기자들을 사랑하는 독자들을 만족시키기 위해 신문사 편집부에서 일을 했다. 십자가의 형벌이라고나 할까.

이름도 공적인 지위도 밝힐 수 없지만, 친한 사람 하나가 나에게 그 정보를 흘렸을 적에, 난 다시 한번 상황이 복잡해지리라는 걸 예감했다. 그 정보라는 건 국가 차원에서 전 학년을 아우르는 학교의 날이 지정되었고, 대통령실 직속으로 위원회가 구성되어 행사장에서 수상할 스승들의 명단을 검토하고 있다는 사실이었다.

정부 차원에서 광고 효과를 노리는 행사였다면 난 거들떠보지도 않았을 것이다. 하지만 이건 대통령과 연관된 일이었다. 대통령은 그 또래 중에서는 드물게 내 마음에 드는 존경받을 만한 인물이었다. 그 밖에 내가 선생님들을 부모로 두었다는데 자긍심을 느낀다는 사실도 한몫했다. 나의 부모님은 나와 형제들을 비롯해 수없이 많은 소년 소녀들이 올바른 길로 가도록 키워낸 분들이었다. 그분들이 아니었다면, 그 아이들은 죄다 멍청이들이 되었을 게 뻔했다. 그러므로 난 내 친구에게 이렇게 말했다.

"명단은 나왔어?"

"모르겠어."

"알아봐 줘."

"쉽지 않을걸."

"내 부탁 좀 들어주라."

"해 볼게."

"명단이 나오면 나한테 보여줘."

몇 시간도 안 돼서 28명의 이름이 적힌 명단을 손에 넣었다. 난 호기심 반 의구심 반으로 명단에 적힌 이름들을 하나하나 살펴보았다. 정치인과 유명한 배우의 어머니들, 영화감독과 작가의 아버지들, TV에 나오는 유명한 셰프의 이모들, 나의 부모님 이름만 명단에 없었다. 순간 타고난 나의 오지랖이 활동을 개시했고, 난 나에게 정보를 건네준 사람에게 연락해 길길이 뛰며 난리를 쳤다. 그는 약간 짜증이 난 듯했다. 나와 얼마 전에 헤어졌지만, 아직도 내 주위를 기웃거리고 있는 남자였다. 네가 부탁하는 건 뭐든 다 들어줬잖아. 엠마, 매사에 미친 사람처럼 난리를 치는 건 좀 그렇지. 어쨌든 누굴 걸고넘어지려거든 그렇게 해. 나한테 그러지 말고.

그의 말투가 날 더욱 분노하도록 만들었다. 명단을 손에 들고 다시 한번 찬찬히 살펴보았다. 학교를 위해 기릴 만한 공을 세운 잘 알려진 몇몇 후보자들을 제외하면, 나머지 사람들은 순전히 줄을 잘 타서 이름이 오른, 어디서 튀어나왔는지 알 수 없는 인물들이었다. 전화기를 집어 들고 대통령 비서실에 전화를 걸었다. 늘 나를 상대했던 대통령 비서, 루이자는 자리에 없었고, 모르는 사람이 전화를 받았다. 그에게 말했다. 당신들이 엉터리로 만든 스승 명단을 갖고 있어요. 피에트로 발레가 없다니, 창피한 줄 알아요. 수화기 너머 상대방이 앵무새 같은 말투로 물었다. 피에트로 발레가 누구죠? 내가 당장 대통령을 바꿔 달라고 하자, 그가 대답했다. 대통령께서는 그렇게 한가한 분이 아닙니다. 대통령은, 내가 대답했다, 당신처럼 멍청이가 아니에요. 그분은 내가 누군지 알고 나랑 기꺼이 얘기할 거예요. 어쨌든 당장 바꿔 주든지 아니면 내일 신문에 당신들 명단이 죄다 까발려질 줄 알아요. 난 그의 대답을 기다리는 대신 전화를 끊어버렸다. 그런 사람들을 어떻게 상대해야 할지는 내가 더 잘 알고 있었다.

몇 분 뒤에 루이자가 전화를 걸어왔다. 나한테 미안하다고 하며 점잖은 투로 말했다. 엠마, 무슨 소린지 나한테 말해 봐요. 난 28명의 명단은 나한테 중요한 게 아니라고 그녀에게 설명했다. 당신들이 원하는 사람들을 데려다 채우든 말든 아무 상관도 없지만, 이탈리아 학교를 위해 빛나는 공을 세운 세 명의 수상자 이름 중에, 우리 부모님 두 분 다는 아니더라도, 적어도 우리 아버지 이름만큼은 넣어야 하는 게 아니냐고 따졌다. 여든에 접어든 아버지는 약 15년 전에 은퇴했고, 한때 이름난 선생님이었으며, 학교를 주제로 출간한 두 권의 수필집도 대중들로부터 큰 사랑을 받았노라고 했다.

"아버지 성함이 어떻게 되죠?"

"루이자, 내 성씨도 모르다니, 발레, 발레잖아요"

"성씨 말고 이름이요."

"피에트로, 모른다고 하지 말아요. 당신도 나이가 예순인데 모를 리가 없어요."

"기억날 것 같기도 해요. 하지만 시간이 흐르면 상황이 달라지잖아요, 나한테 발레라는 성씨를 말하면 엠마가 튀어나오지, 피에트로는 아니에요. 가만, 책을 썼다고요?"

"두 권이나요. 제법 잘 나갔어요."

"이름을 적어놨다가 명단에 넣을 수 있는지 검토해 보도록 할게요."

"그럼, 명단이 28명이 아닌 29명이 된다는 말인가요?"

"그렇겠죠."

"루이자, 우리 아버지는 세 명의 수상자 안에 들어갈 권리가 있어요."

"수상자는 대통령이 제시하는 기준에 따라 정해질 거예요."

"그 기준이란 게 뭔지 들어나 봅시다."

그녀가 매우 엄격한 선발 기준을 죽 나열했다. 그 밖에도—마지막으로 그녀는 어떤 문서를 들먹이며 나에게 설명했다—후보자들이 가르쳤던 남학생이나 여학생 중에 크게 이름을 날린 인물이 행사장에 참석하는지가 결정적인 요인이 될 거라고 했다. 그런 제자를 키워낸 선생이야말로 제대로 된 교육과 훈련을 해낸 스승이기 때문이라고 했다.

난 잠시 입을 다물고 있다가 말했다.

"혹시 테레사 콰드라로라고 들어봤어요?"

"여성 과학자요?"

"그래요, 그 여자는 아나 보네요. 당장 우리 아버지 이름을 넣어요. 그 여자 선생이었어요."

2

나보다 훨씬 지위가 높고 권위 있는 사람들을 주로 상대했던 루이자는 내 말을 듣고도 눈 하나 깜짝하지 않았다. 사실을 말하자면, 나 또한 한편으로는 그렇게까지 목소리를 높였던 게 조금 부끄러워졌다. 자기 부모나 조부모들 이름을 명단에 올리려고 혈안이 된 다른 자식이나 손주들과 다름없는 행동이었다. 어쨌든 간에 통화는 훈훈한 분위기로 마무리되었다. 난 너무 흥분해서 미안하다고 그녀에게 사과했고, 아버지가 선택 기준에 충분히 부합한다는 사실을 강조했다. 그녀는 나에게 아버지의 이력서를 보내달라고 했고, 심사위원단 회의에서 아버지를 지지해 주겠노라고 약속했다.

이력서를 작성하기 위해 컴퓨터 화면을 들여다보고 있노라니, 기분이 언짢았다. 늘 그래왔듯 난 무작정 대놓고 덤벼드는 식이었다. 내가 나설 게 아니라 누군가를 찾아서 아버지가 충분한 자격이 있다는 사실을 언급하며 후보로 추천했어도 될 일이었다. 반면에 난 앞뒤를 가리지 않고 무조건 전화기를 붙들고 늘어졌다. 이제 루이자가 날 어떻게 까대고 있을지는 안 봐도 뻔한 일이었다. 발레, 그 여자는 진짜 미쳤어. 지가 뭐라도 되는 줄 아나 보지. 손가락을 쳐들고 모든 사람을 가르치려 들잖아. 실은 다른 사람들처럼 청탁이나 하고 잘 봐달라고 구걸이나 하는 주제에.

청탁이라니, 내가? 잘 봐 달라니, 내가? 아버지에게 그런 멍청한 명예를 안겨주기 위해 내가 그런 짓을 했다는 사실을 안다면, 아버지는 무척이나 마음 아파하셨을 것이다. 그럼 어쩌란 말인가. 입 다물고 있으라고, 그냥 내버려 두라고, 아버지가 자격이 충분하다는 사실이 밝혀질 때까지 싸움질 좀 그만하라고? 아니, 난 자신에게 말했다. 내가 왜 그래야만 하지? 아버지는 그런 나를 보며 또한 마음 아파하실 것이었다. 나의 아버지는 공로가 업신여김을 받지 않도록 늘 투쟁해 온 분이었다. 특히나 엄청난 노력의 결과물인 작은 공로가 무시당해서는 안 되다고 하셨다. 그러니 노년에 접어든 아버지가 논란의 여지가 없는 커다란 공로를 지금이라도 보상받는 게 당연하지 않은가?

아버지에 대한 어떠한 사실도 꾸며낼 필요가 없었다. 과장 따위는 전혀 필요 없었다. 나의 아버지는 실제로 훌륭한 교사였고, 아버지 같은 경우는 정당한 변론을 받아 마땅했다. 그러므로 괜히 마음이 졸아들거나 할 필요도 없었다. 테레사 콰드라로, 그래, 유명한 과학자가 되어 빛을 본 그녀야말로 아버지가 얼마나 훌륭한 스승이었는지 반박의 여지가 없는 증거가 되어줄 것이다. 우리 집에 찾아오곤 했던 다른 모든 제자는 말할 것도 없고 말이다.―거의 순례에 가까운 방문이었다―졸업한 뒤에도 몇 년, 아니, 10년이 더 지나서도 제자들은 아버지를 찾아왔다. 난 그들 중 많은 이들을 기억했다. 내가 어렸을 적에, 소녀가 되어서, 집을 떠날 때까지도 아버지를 찾아오는 제자들을 보았다. 그 사람들이 아버지를 찾아와 감사를 표할 때마다 난 얼마나 자랑스러웠는지 모른다. 반면에 난 나의 선생님들이 저주스러웠다. 실력 없는 게으름뱅이들이었고, 폭력적일 정도로 감정의 기복이 심했다. 졸업장을 받고 나서 내가 선생님들을 감사의 눈길로 바라본 건 고작 몇 분에 불과했다. 그러니 당시에 아버지 제자들의 끊이지 않는 방문과 기나긴 감사가 나에게 어떤 영향을 끼쳤을지는 보나 마나 한 일이었다.

최근에 내가 부모님 집을 찾아갔을 때도, 어렸을 적에 보앉던 예전 제자가 아버지를 찾아왔다. 갈색 머리 청년이었던 그는 이제 환갑에 접어든 은발의 신사가 되어있었다. 지나가던 길에 연로한 선생님을 찾아 뵙고 이야기를 나누러 왔다고 했다. 난 한 발짝 떨어져 아버지의 입술을 주시하며 무슨 말을 하는지 몰래 살폈다. 아버지의 모습은 마치 소년 같았다. 그래, 바로 그거야. 내가 컴퓨터 앞에 앉아있는 바로 이 순간에 마침 그 장면이 떠올랐다. 결정적인 장면이었다. 기분은 좋아지지 않았지만, 아니, 여전히 엉망이었지만, 나의 의견만큼은 달라졌다. 루이자에게 그렇게 공격적으로 의사를 전달한 건 아주 잘한 일이었다. 나에게 있어서 아버지의 명예는 그만큼 소중했다. 아니, 오히려 그녀에게 내가 직접 대통령을 만나겠다고 말했어야만 했다. 되도록, 최대한 빨리 말이다.

물론 내가 대통령과 친한 사이는 아니다. 몇 년 전에 두 번 인터뷰한 게 다였다. 한번은 정치적인 상황에 대해, 또 한 번은 고통을 주제로 한 인터뷰였다. 우린 두 번째 인터뷰 자리에서 친밀해졌다. 그 자리에 함께 있었던 루이자는 인터뷰가 나오자, 내가 정말 잘 해냈다면서 감사의 카드를 보내주었다. 난 그녀가 대통령께 이렇게 말하는 장면을 상상해 보았다. 엠마 발레가 전할 말이 있다는데요, 대통령은 선뜻 시간을 내어줄 것이다. 아니, 나의 내면 깊은 곳에는 또 다른 복선이 깔려있었다. 대통령은 나의 아버지와 동갑내기였으므로, '피에트로 발레'라는 지대한 영향을 끼친 이름을 모를 리가 없었다. 그러므로 안달복달하는 딸의 요청이 아닌, 정당한 가치를 지닌 한 개인에 대한 요구임을 충분히 설명할 수 있을 것이다. 제 아버지는 말입니다, 대통령 귀하, 40년이 넘게 교사직에 종사한 분입니다. 제 아버지는, 대통령 귀하, 고귀한 학자였습니다. 제 아버지는, 대통령 귀하, 학교 조직 개편에 대해 조언을 구하는 부름을 여러 차례 받았습니다. 아버지를 찾아왔던 공기관에 소속된 지루하고 막돼먹은 머리가 허연 노인네들 이름을 여럿 댈 수도 있습니다.

난 그즈음에서 멈췄다. 나의 아버지는 그랬었다. 아버지를 언급하며 과거형 시제가 튀어나오자 갑자기 눈물이 났다. 아버지에 대해 말하며 그렇게 과거형을 많이 쓴 적은 없었다. 아버지를 떠올릴 때면 일반적으로 늘 현재형이 따라붙었다. 십수 년 전에 아버지가 늘 어딘가로 떠나곤 했던 시절이 떠올랐다.—자주 있던 일이었다—아버지는 피곤한 몸을 이끌고 돌아왔지만, 그럼에도 나와 형제들과 기꺼이 시간을 보냈다. 젊고 훤칠한 아버지, 금발의 머리카락, 두 눈, 심지어 손톱 속에도 빛이 숨겨진 듯 아버지의 모든 게 반짝반짝 빛났다. 나에게 있어서 아버지는 절대 과거가 아니었다. 계속되는 현재였다.

지금 난 아버지가 떠났던 그때처럼 고독과 연약함을 느끼고 있다. 동시에 아버지가 돌아왔을 때처럼 기쁨과 안정감을 느끼고 있다. 그러나 한편으로 아버지의 삶이 전부 과거에 불과하다는 건 반론의 여지가 없는 사실이었다. 아버지는 자신이 획득한 특권에 걸맞게 행동하길 원치 않았으며, 특권을 누리며 노년을 보내길 바라지 않는 분이었다. 내가 대통령 앞에서 아버지가 이뤄낸 일들을 일일이 언급한다 한들, 아버지의 삶에는 어떠한 영향도 끼치지 않을 게 분명했다. 그보다도 난 금색 테두리가 있는 하늘색 소파에서 대통령과 마주 앉아서, 나의 아버지가 거부했던 것들을 나열해야 할지도 모른다. 대통령께서는 아마도 눈빛으로 나에게 이렇게 질문할 것이다. 그렇게 성공한 사람이 왜 거기서 멈췄지? 대통령 귀하, 사실 요즘 제 아버지께서는 집에서 아무것도 하지 않고 지내십니다. 그 이유가 도덕적인 사안이라는 걸 설명하기는 쉽지 않을 것이다. 제 아버지는 세상에서 가장 신사적이고 책임감 있는 분입니다. 가르치는 일? 가르쳤습니다. 책을 쓰는 일? 책을 썼습니다. 신문기자들과 함께하는 일? 신문기자들과 함께 일했습니다. 정치와 선거전? 정치와 선거전에 참여했습니다. 저명하거나 덜 저명한 장관들에게 충고하기? 저명하거나 덜 저명한 장관들에게 충고했습니다. 아버지는 그 모든 일을 감당하면서 늘 친절한 마음과 잘 다듬어진 지적 능력을 동원해 몸을 아끼지 않았습니다. 저에게 그런 사랑을 물려주셨고, 저 또한 매우 드물긴 하지만 그런 사랑을 받을 만한 사람에게 나눠주고 있습니다.

아버지는 늘 그래왔던 것처럼 신사적인 태도로 물러나셨습니다. 최초로 서로를 물어뜯고, 최초로 불편한 거래가 오가고, 최초로 노예로 전락하라는 요구를 받았을 적에 말입니다. 아버지에게서 거만한 태도는 찾아볼 수 없었습니다. 오히려 세상의 더러운 짓거리들을 수용해야만 하는 모든 이들 또는 생존하기 위해 자신을 더럽히는 이들이나 천박한 것 외에는 기쁨을 모르는 이들을 이해하고 마음 아파하셨습니다.

대통령 귀하, 저는 위대한 인간의 딸이라는 사실을 말씀드리고 싶습니다. 제 아버지는 내면의 투명함을 불투명한 겉모습으로 가리지 않고, 교장이나 교감보다 더 지적이고, 작은 베란다에서 공부하고 글을 쓰느라 혹은 자신을 챙기는 어머니를 돌보느라 시간을 보내는 그런 분입니다. 저와 형제들은 아버지를 끔찍이 사랑하고, 아버지와 어머니가 필요로 하는 거라면 뭐든지 해 드릴 의향이 있습니다. 누구나 공감할 만한 본보기를 원하십니까? 공감이란 단어가 유행처럼 번지며 잔혹한 세상에 맞서는 이상향이 되었지만, 가짜가 아닌 진짜 어른을 찾기란 결코 쉬운 일이 아닙니다. 그 본보기는 바로 제 아버지입니다. 아버지야말로 높은 수준의 공감 능력을 지닌 분이십니다. 저를 비롯한 자식들은 지금까지도 아버지를 닮기 위해 절망적으로 투쟁하고 있습니다. 적어도 이제 나이가 드신 아버지께 폐가 되는 일은 하지 않으려 몸부림치고 있습니다.

그즈음 되자, 난 상황이 지뢰밭이나 마찬가지라는 걸 깨달았다. 내가 아무리 애를 쓴다 해도 아버지가 거절하면 말짱 헛일이 될 거라는 사실도 알고 있었다. 하지만 난 아버지와는 달랐다. 아버지는 악을 물리치면서도 상대방을 이해하는 능력을 갖추고 있었던 반면, 난 타협이라고는 모르는 사람이었다. 난 누구를 막론하고 괴롭힐 각오를 갖췄고, 아니, 그 누구보다 나 자신을 괴롭힐 만반의 준비가 되어 있었다.

　만일 내가 진짜 대통령을 만나서 이야기할 수 있게 된다면 정말이지 위험한 말을 지껄일 게 뻔했다. 아버지를 힘들게 하려고 이러는 게 아닙니다. 아버지는 충분히 권력을 잡을 수 있었음에도 스스로 발을 뺐습니다. 마지막으로 난 아주 경우 없는 말을 내뱉으며 끝을 맺었을지도 모른다. 만일 아버지가 늙어서까지도 계속 권력 주위를 맴돌았다면, 분명 최고의 권력을 손에 넣게 되었을 겁니다.

　그러므로 피에트로 발레의 이력서를 작성해 루이자에게 보내는 편이 훨씬 나았다. 위원회에 참석한 정직한 마음씨의 누군가가 알아보든지 아니면 대통령의 책상 위에 놓이길 바라면서 말이다. 어떻게든 되겠지. 만일 수상자 세 명 중 아버지가 빠진다면 그땐 내가 절대 가만히 있지 않을 것이다.

3

이력서를 준비해서 루이자에게 첨부 파일을 메일로 보냈다. 그런 뒤에는 일거리가 왕창 들어왔는데 죄다 수입이 짭짤한 일들이었다. 난 더 이상 그 문제를 신경 쓰지 않았을 뿐만 아니라, 딸들은 물론이고 몇 년 전부터 복잡한 관계를 맺고 있는 남자에게서도 신경을 끊었다.

나에게 28명의 이름이 적힌 명단을 넘겨주었던 바로 그 남자였다. 나와 마지막으로 만났을 적에 그가 빈정거리는 투로 했던 말이 영 귀에 거슬렸다. 위대하신 너희 아버지도 명단에 들어갔다더라. 그나저나 위대하단 말을 너무 남발하는 거 아니야? 교사들이 28명이 아니라 50명이나 됐다던데. 놀랄 일은 아니었다. 난 진작부터 후보들의 숫자가 늘어나리란 걸 알고 있었다. 명단은 아무런 공로도 없는 사람들로 차고 넘치게 될 것이며, 마지막까지 남은 몇몇 막강한 후보들을 거르기 위해 영혼이라고는 없는 말단 공무원들을 대통령궁으로 소집할 것이다. 결국 끝까지 남은 후보들 모두에게 쥐꼬리만한 메달이나 주려는 속셈이겠지.

그런 생각이 들자, 부아가 치밀어 올랐다. 수상식이 고귀한 자리이길 바랐고, 아버지가 격식을 갖춘 근사한 장소에서 상을 받길 바랐다. 난 우선 되는대로 실비오한테 화풀이를 했다. 그 친구를 그렇게 부르기로 하자. 갑자기 그와 함께 있고 싶다는 생각이 싹 사라져 버렸다. 우린 진짜 오랜만에 만났고 잘 되어간다는 기분이 들기도 했지만 말이다. '위대하신 너희 아버지', '위대하단 말을 남발하다' 감히 그런 말을 입에 올려? 난 약간의 쾌락을 시도하기 위해 마음을 진정시키는 것조차 버거운, 그런 사람이었다. 그러니 조금이라도 신경이 거슬리면 나한테 손끝 하나 못 대게 하는 게 당연지사였다.

"재밌어?"

"아니, 그게 아니라."

"우리 아버지에 대해서 또 한 번 그렇게 말하기만 해 봐."

"내가 뭐랬다고?"

"됐어."

난 주섬주섬 옷을 챙겨 입었다. 그는 좋은 말과 나쁜 말을 동원해 가며 날 막아보려 애썼지만, 소용없었다. 그가 내 손목을 붙잡고 소심한 투로 말했다. 그 문을 나가는 순간 다시는 날 못 볼 줄 알아. 난 그냥 뛰쳐나와 버렸다.

밖으로 나오자, 울음이 터져 나왔다. 좀처럼 마음을 진정시킬 수 없었다. 그 사람 때문에 운 건 아니었다. 어쨌든 그는 내가 여태까지 만났던 여러 남자 중 가장 참을성이 많은 축에 속했다. 울음이 터진 건 아마도 과로 때문이었을 것이다. 여기저기 몸이 쑤셔대는 기분, 배와 등의 통증은 물론이고 가슴에도 구멍이 뚫린 기분이었다. 난 도대체가 대충이라는 게 없었다. 일이든 뭐든 자신을 몽땅 갈아 넣는 축에 속했다. 요리조리 간이나 보고 발을 담갔다 빼는 그런 일은 절대 없었다. 난 타고 나기를, 내가 생각했던 만큼 일을 해내지 못하느니 차라리 길거리에 쓰러지는 게 나은 사람이었다. 쓰레기가 넘쳐나는 쓰레기통 안에 들어가 부리로 쪼는 일을 하더라도 자신을 몰아넣을 사람이었다. 하지만 내가 사는 이 나라에서는 늘 똑같은 일이 후렴구처럼 반복된다. 내 책임은 아니다. 무엇 하나 제대로 되는 게 없다. 결국 난 채찍을 휘두르며 회당의 장사치들을 내쫓았던 예수의 역할을 하고 있다는 기분에 젖어 든다. 난 타고난 쌈닭이다. 그래, 내 사전에 휴전은 없다. 그러나 어쨌든 오늘 같은 날에는 나도 힘에 부친다. 서슬이 시퍼런 칼 한 자루를 구하고 싶다는 충격적인 생각에 휩싸인다. 그 칼을 들고 회당의 마당을 쓸어버린다거나, 지들 멋대로 좋고 나쁨을 쥐락펴락하는 공권력을 겨냥하려는 게 아니다. 다만 나 자신을 잘근잘근 토막 내고 싶은 심정이다.

극도의 긴장 상태를 유지하며 일할 때마다 난 딸들을 부모님 댁으로 보내곤 했다. 지난 며칠 동안 내 상태는 엉망이었다. 실비오가 여러 번 전화했지만, 난 전화를 받지 않았다. 그를 피하려는 게 아니라 그럴 만한 기운이 없었기 때문이었다. 딸들을 종종 부모님 댁에 보낼 수 있다는 게 그나마 다행이었다. 나도 딸들 나이로 돌아가 그 집에서 살 수 있다면 좋았을 텐데. 난 열여덟 살에 집을 떠났다. 스물둘에 결혼했고 인생이 비비 꼬이긴 했지만, 그렇다고 해서 가족이나, 어린 시절, 소녀 시절을 탓할 생각은 없다. 난 어머니를 정말 사랑했고, 아버지를 얼마나 사랑하는지는 이미 다들 눈치챘을 것이다. 견디기 힘든 건 늘 싸워야만 하는 나의 삶이었다.

난 어머니에게도 그런 식의 말을 내뱉었다. 내 말을 들어주던 어머니는 창백하고 야윈 내 모습을 바라보며 수심에 잠겼다. 난 이 집에서만 잘 지내고 밖에서는 잘 못 지내요. 그리고 딸들을 보러 갔다. (첫째는 14살, 둘째는 12살, 셋째는 8살 그리고 넷째는 5살이었다. 머리가 헤까닥 했던 건지, 왜 그리 애들을 많이 낳았는지 모르겠다.) 어머니는 부엌에 그대로 머물러 있었다.

아이들은 아버지와 함께 있었다. 복도를 지나던 내 귓가에 우아하고 꾸밈없는 아버지의 목소리가 들려왔다. 서재의 문이 열려 있었고, 난 그 앞에서 걸음을 멈췄다. 낡은 소파에 앉아 있는 아버지의 옆 모습이 보였다. 막내는 아버지 무릎 위에, 다른 손녀들은 바닥에 놓인 색색의 방석 위에 앉아 있었다. 백 번도 넘게 보았던 장면이었다. 아버지는 무슨 이야기를 들려주고 있었는데, 아니, 아마도 들려주는 게 아니라 설명해 준다는 말이 맞을 것이다. 나와 세르지오, 에르네스토에게 늘 그랬던 것처럼 말이다. 기계의 작동 원리든, 예술 작품이든, 전투의 진행 상황이든 그런 건 중요한 게 아니었다. 아버지는 설명하고 있었다. 마치 아버지와 딸들 사이에 채색된 형상이나 세세한 풍경이 그려진, 오래된 카드들이 놓여 있는 듯했다. 내 딸들은 조용히 아버지를 쳐다보고 있었다. 그중 큰딸 나디나의 시선이 특히 내 마음에 들었다. 잔뜩 집중한 표정으로 여전히 아름답고 빛나는 할아버지를 바라보고 있었다.

난 자신을 향해 외쳤다. 나도 한때 저랬었는데, 아직도 저랬으면 좋았을 텐데. 그렇게 빨리 집을 떠났다니 너무 아쉬워. 나도 모르게 복도 벽에 어깨를 기댔다. 그 상황에서 내가 갑자기 나타난다면 딸들은 나한테 대고 뭐라고 할 게 분명했다. 큰 애들 둘은 쳐다보지도 않고 거슬린다는 식으로 말할 테고, 셋째는 몸을 돌려 날 쳐다보며 살살 이렇게 말할 것이다. 저리가, 엄마, 그리고 막내는 할아버지와 나 사이에 누굴 선택해야 할지 몰라서 헷갈릴 것이다. 난 까치발을 떼고 다시 주방으로 돌아왔다. 어머니가 나에게 말했다.

"애들을 한시도 가만히 내버려 두질 않아."

"애들도 가만히 있길 바라지 않을 거예요."

"그렇겠지."

"그래도 아버지가 애들을 봐주면 엄마도 편하잖아요."

"애들을 보는 게 얼마나 힘든데, 아버지가 힘들까봐 걱정이다."

"그런 것 같진 않은데, 엄마가 보기에는 힘들어 보여요?"

"약간, 네 아버지가 그렇게 생겨 먹은 걸 어쩌겠니, 아무도 돌보지 않는 걸 더 힘들어할지도 모르지."

순간 나의 휴대전화가 울렸다. 실비오였다. 난 발코니로
나갔다.

"뭐야?"

"아직도 화났어?"

"아니."

"근데 왜 전화 안 받아?"

"겁이 나서."

"뭐가?"

"그냥 다, 죄다 비비 꼬이는 것 같아서."

"우리 둘 말이야?"

"전부 다라고 했지, 우리 둘이라고 안 그랬거든."

"당신한테 좋은 소식이 있어."

"들어나 보자."

"위원회 멤버 중에 당신 아버지의 광적인 팬이 하나 있대."

"이름이 뭔데?"

"프랑코 질라라, 누군지 알아?"

난 아니라고 대답했지만, 확실치는 않았다. 전화를 끊고
부엌에 들어가서도 그 이름이 내내 머리에 맴돌았다. 어머
니에게 물었다.

"프랑코 질라라 알아요?"

어머니가 약간 당황한 듯 날 쳐다보았다.

"프랑코 질라라, 너 진짜 기억 안 나?"

"몰라요."

"엠마, 누구긴 프랑키노잖아."

4

우린 프랑키노에 대해 잠시 이야기를 나눴다. 그가 누구인
지 나도 조금씩 기억이 떠올랐다. 삼사십 년 전에 우리 집에
들락거렸던, 학교와 관련된 일을 했던 이들 중 하나였다. 어
머니가 내 눈치를 살피며 혹시 일 때문에 그 사람한테 관심
이 있는 거냐고 물었다. 잠시 망설이던 난 결국 학교를 기념
하는 날에 관한 이야기를 털어놓았다. 물론 자세한 것까지는
아니었고, 간단한 행사라고만 말했다. 어머니의 얼굴이 이내
어두워졌다. 기분이 나빠질 때면 어머니의 몸은 잔뜩 쪼그라
들곤 했다. 시들시들한 줄기에 피어난 꽃 같았다.

"확실한 거 아니면 아빠한테 얘기하지 마."

"얘기할 생각 없어요."

"아빠가 어떤 사람인지 알잖아, 좋은 소식이 있으면 반짝
하다가 아무 일도 없으면 금세 축 처지잖아."

"아빠랑 프랑키노는 어떤 사이예요?"

"아무 사이도 아니야."

"이유는요."

난 미간을 찌푸리며 고개를 살짝 저었다. 어머니가 한숨

을 내쉬었다.

"네 아빠는 찰거머리야. 어떻게 될지도 모르면서 무조건 사람들한테 들러붙지. 그 사람들이 자기를 간절히 필요로 할 때는 모르는 사람 대하듯 하고. 상처받지 않으려거든 알아서 먼저 아빠한테서 떨어져야 해."

"무슨 뜻이에요?"

"프랑키노가 어느 순간 아빠한테 그만 보자고 했어."

"그럼, 둘 사이가 나쁘단 말이에요?"

"아니, 그게 아니라, 네 아빠는 누구와도 사이가 나쁘지 않아, 참아주기 힘든 사람하고도."

"그럼, 프랑키노는요?"

"프랑키노도 아빠한테 나쁜 감정이 있진 않을 거야. 누굴 한 번 좋아하기 시작하면 그만두기 쉽지 않은 법이지."

어머니와 이야기하는 동안, 오래 전에 우리가 나눴던 대화가 떠올랐다. 당시 난 스물넷이었고, 결혼했으며, 아이는 아직 없었다. 업무 관계로 프랑스에 갔던 때였다. 난생처음 보는 호화로운 성에서 열린 파티 자리였다. 난 술에 취해 알딸딸한 상태로 중요한 신문사에서 일하는 사람에게 접근했다. 당시만 해도 난, 지금과는 달리 신문사 나부랭이들을 전전하는 처지였다. 서른 정도 된 그 남자는 오래전부터 나와 알고 지내던 사이였다. 그가 저녁 내내 날 웃도록 만들었다. 난 많이 마셨고, 많이 웃었다. 그렇게 난 처음으로 남편을 두고 바람을 피웠다. 근사했다, 아니, 진짜 끝내줬다. 섹스를 말하는 게 아니다. 난 섹스 따위에는 거의 아니 전혀 관심이 없었다. 그보다는 이후에 이어졌던 부푼 기분이 떠오른다. 아침 7시에 가로수길을 산책하던 중이었다. 공기는 상쾌했고, 나 자신이 뭐라도 된 듯한 기분에 사로잡혔다. 그러나 대단한 사람이 된 것 같았던 그 감정은 바람 빠진 풍선처럼 사그라들었고, 곧이어 기분이 나빠지기 시작했다. 남편 때문이 아니었다. 남편한테는 일말의 죄의식도 느끼지 않았다. 난 어떤 경우에도 나의 삶을 즐길 권리가 있다는 주의였다.

그보다는 부모님의 집에 가는 일이 두려웠다. 아버지는 곧 내게 이렇게 말했을 것이었다. 엠마, 무슨 일이니, 끝에 물음표를 붙이지 않고 말이다. 그의 푸른 시선은 심문 없이도, 아주 부드럽게, 다른 사람보다 훨씬 많은 것들을 볼 수 있었다. 그럴 때면 누구든 아버지에게 세세한 이야기까지 털어놓곤 했다. 아버지와 이야기를 나누는 순간 기분이 좋아지고, 확신의 물결에 휩싸이기 때문이었다. 그러므로 난 아버지가 그 일을 알아낼 거라 확신했다. 아버지는 늘 모든 걸 알아냈으니까, 그리고 날 꼭 껴안아 주었을 것이다. 문제는 내가 모종의 부끄러움을 느낀다는 것이었다. 내가 저지른 일에 대해서가 아니라, 아버지에게 그 사실을 털어놓는 게 부끄러웠다. 난 그날 밤 파티의 흔적이 내 눈에서 지워질 때까지 최대한 부모님을 만나는 일을 피했다. 특히 아버지와 이야기하길 피했고, 어머니하고만 대화를 나눴다.

　바로 그런 상황에서 난 어머니에게 정곡을 찌르는 질문을 던졌다. 엄마는 아빠를 두고 딴짓했던 적 있어요. 그녀는 날 아주 오래도록 쳐다보았다. 마치 그런 질문을 하는 것 자체가 모욕이라는 듯이 말이다. 그리고 간략하고 애매모호하게 대답했다. 네 아빠는 나한테 없어선 안 될 사람이야. 그 사람이랑 함께 지내기 위해서 난 여러 번 바람을 피워야만 했지. 가능한 한 모든 면에서 불륜이라고 인정받을 만한 짓 말이다. 어머니는 사뭇 진지했다. '가능한 한 모든 면에서 불륜이라고 인정받을 만한 짓'이라는 얼토당토않은 어법을 사용할 때조차 진지했다. 어머니의 마음이 어땠을지 상상이 안 되었다. 어머니는 늘 활기가 충만했고, 당신의 빛으로 끔찍한 어둠마저도 몰아내 버리는 분이었다. 난 아무런 대꾸도 하지 않았지만, 뱀이라도 본 것처럼 가슴이 마구 쿵쾅거렸다.

　이십 년 전 그 대답이 이제 다시금 떠올랐다. 어머니에게 물었다.

　"그러니까, 엄마 말은 내가 프랑키노한테 아빠를 지지해달라고 하면, 그렇게 할 거란 거예요?"

　어머니는 내가 혹시라도 프랑키노에게 연락하지는 않을까 불안해하는 눈치였다. 어머니가 말했다.

　"프랑키노한테 얘기할 필요 없어. 그 사람은 어떤 상황에서건 늘 아빠를 지지할 거야. 하지만 내 생각에는 그런 일 자체를 그만두는 게 나을 것 같구나. 네 아빠는 지금 상태로도 잘 지내고 있잖니. 매일 오랜 시간 공부하고, 글을 쓰고, 이따금 사람들이 찾아오고, 아빠와 나는 이런저런 것들에 대해 아주 많은 대화를 나눈단다. 요즘 아빠가 또다시 수학 공부를 시작했어. 여전히 수학의 수 자도 모르면서 말이야. 그리고 또, 네 딸들이 아빠를 얼마나 잘 따르는지 봤지? 그런 상을 받아서 뭐 하겠니?"

난 대답하지 않았다. 복도에서 아버지와 딸들의 소리가 들렸다. 다섯 명이 함께 부엌으로 우르르 몰려와 날 보고는 깜짝 놀랐다. 우린 다 같이 멋진 저녁 시간을 보냈다. 아버지가 우리 여자들 전부를 한 명도 빠짐없이, 제일 어린애부터 노인네까지 꼼꼼하게 챙기는 모습을 보며, 난 처음으로 어머니가 아버지에게 속아 넘어갔을 거라는 생각이 들었다. 아버지는 분명 어머니를 두고 바람을 피웠을 것이다. 아주 은밀하게, 매우 품격 있는 방식으로, 심지어 지속적인 외도였을 것이다. 어쨌든 내 눈에는 서로 아끼고 사랑하는 두 노인네의 모습이 사랑스럽게만 보였다. 평생을 함께하기 위해 불륜이라는 순수한 사례를 만들어 내야만 했던 분들, 이런 말을 지껄이지 않기 위해서 말이다. 우리 다시는 보지 말자.

나로 말할 것 같으면 현실에서 벌어지는 일들을 깔끔하게 해결해 본 적이 한 번도 없는 사람이었다. 그래서 이토록 진이 빠졌을 것이다. 집으로 돌아오는 길에 난 생각했다. 아버지가 받을 하찮은 상은 아버지가 아니라 나에게 더 소중하다고, 이제껏 내 인생에서 딱 맞아떨어지는 건 하나도 없었고, 그러므로 소중한 사람이 받을 보상이야말로 모든 게 맞아떨어지도록 만들어 줄 거라고.

5

긴장과 걱정, 협박과 대립으로 점철된 직업 활동의 시기로부터 서서히 빠져나왔다. 실비오가 날 프랑코 질라라와 연결해 주었고, 겨우 한숨을 돌린 난 그에게 전화를 걸어 콜론나 광장에서 만나기로 약속을 잡았다. 내가 알기로 그는 어머니와 동갑이었고 아버지보다 다섯 살이나 어렸지만, 아버지보다 훨씬 더 늙어 보였다. 얼굴만 보아서는 내가 예전에 보았던 사람인지 알 수 없었다. 그는 키가 작고, 과체중에, 어깨가 아주 넓었다. 두툼한 목 위로 흰 곱슬머리가 물결치듯 늘어져 있었고, 입술이 아주 가늘었다. 반면에 그는 날 바로 알아보았다.—혹은 알아보는 척했든가—날 보자마자 눈빛이 촉촉해지며 큰 소리로 말했다. 엠마, 네 엄마랑 똑 닮았구나. 그러더니 입을 반쯤 벌리고 '아름다운 여성'이라는 고리타분한 표현으로 결론을 내렸다. 사실 날 보는 사람마다 그런 말을 하는 편이었고, 그럴 때마다 난 기분이 좋지만은 않았다. 아버지를 닮을 기회를 놓친 것 같아서였다. 우린 카페 한 군데를 골라 안으로 들어갔다. 그는 매우 바쁜 사람이었다. 그 나이에도 일정과 약속이 빡빡했다. 그가 나에게 단도직입적으로 말했다.

"나한테 부탁 같은 건 안 해도 돼. 이미 다 끝났어."

"뭐가요?"

"네 아빠가 세 명 중에 들어갔어. 다른 둘도 만만치 않은 사람들이야. 소위 말하는 거물들이지."

그가 나에게 두 사람의 이름을 말했다. 진짜였고, 난 정말이지 기뻤다. 그 시점에서 그는 나에게—루이자가 그랬던 것처럼—테레사 콰드라로가 시상식에 참석하는 게 확실하냐고 물었다. 심지어 매우 집요하게 물고 늘어졌다.

"꼭 부탁한다, 엠마. 대통령께서 아주 중요하게 여기는 사항이야."

"그럴 거예요, 절 믿으세요."

"널 믿으니까 하는 소리야. 네가 하는 일을 처음부터 죽 지켜봐 왔어. 넌 일을 제대로 할 줄 아는 사람이야."

"이건 일이 아니라 아버지에 대한 헌정이에요. 콰드라로 교수도 시상식에 기꺼이 참석해 주실 거예요."

"들리는 말로는 성질이 아주 고약하다던데, 아니 톡 까놓고 말해서 늙은 마녀 같다더구나. 사람들에 대해 좋게 말하는 법이 없고, 특히 이탈리아와 관련된 건 전부 다 말이야."

"그럴 만한 이유가 있겠죠."

"어떻게 연락해야 하는지는 아니?"

"방법을 찾아볼게요, 걱정하지 마세요."

"대통령께서 개인적으로 만나고 싶어 한다는 말도 꼭 전해줘."

"제 생각에 수상자는 스승이지 제자가 아닌데요."

"그야 그렇지. 말 한번 잘했다. 그런 건 네 어머니가 아니라 아버지를 닮았어."

"감히 아빠를 따라잡을 순 없죠."

프랑키노가 테이블 위에 올려놓은 나의 손을 쳐다보았다. 매니큐어 색깔이 눈에 거슬리는 듯했다.

"네 말이 맞아, 아무도 네 아빠를 따라갈 수 없지. 예전에 네 아빠가 청중들 앞에서 말했을 적에 말이다, 사실 시시한 이야기들만 늘어놓았거든. 그런데 이상하게도 어찌 그리 술술 풀어내든지, 나도 판단이 흐려질 지경이었지. 두 번째로 우리가 만났을 적에 난 네 아빠가 쓴 책이 싫어서 사사건건 물고 늘어지면서 비판했더랬어. 그러자 그 사람은 말이다, 자기만의 방법으로 대답했지. 너도 알지? 네 아빠 특유의, 확신을 불어넣는 투로 말이야. 그때부터 난 이 사람을 늘 가까이해야겠다 싶었지."

"다들 그래요."

그가 고개를 끄덕이며, 깊은 한숨을 내뱉었다. 가 볼 시간이 되었다고 했다. 그는 우리가 마신 음료값의 곱절이나 되는 팁을 테이블 위에 올려놓고 힘겹게 자리에서 몸을 일으켰다. 나도 자리에서 일어났다. 카페를 나서던 길에 그는 검지쪽 손등으로 입가에 묻은 침을 닦았다. 그리고 내 뺨에 입을 맞추며 다시 한번 이렇게 당부했다.

"내가 널 믿는다는 거 잊지 말아라, 엠마."

"제가 아니라 제 아버지를 믿으셔야 해요. 이탈리아 학교 전체에 위대한 본보기가 될 거예요. 결국 아저씨와 아버지의 우정이 그런 일을 해낸 거죠. 아버지의 책에 대해 부정적인 의견을 가졌지만, 결국 마음을 돌리신 거잖아요."

"네 말이 맞아, 정말 그렇지. 넌 똑똑한 사람이니까 한 가지만 당부하면서 헤어지고 싶구나. 내가 정리할 수 없는 것들을, 네가 좀 정리해 주었으면 해서 말이다. 나한테 정확한 내용을 메일로 보내주었으면 좋겠어. 네 말마따나 난 마음을 돌렸고, 내가 옳았다는 걸 믿고 싶구나. 이만 가 봐야겠다, 어여쁜 아가씨."

내가 그의 등 뒤에 대고 소리쳤다.

"아빠를 셋 중에 넣으려고 애썼던 이유가 뭐예요?"

그는 뒤를 돌아보지 않고, 손을 들어 다시 나에게 인사했다. 그리고 모퉁이를 돌아 사라져 버렸다.

난 다시금 기분이 상했다. 프랑키노는 어머니가 지나가듯 툭툭 던졌던 말과는 사뭇 결이 다른 사람이었다. 마치 두 사람이 지난 십여 년 동안 소통하며 아버지와의 관계성에 대한 개념을 정립한 듯했다. 둘 다 아버지와의 관계에 있어서 꿈처럼 논리적으로 설명할 수 없는 어려움을 겪고 있는 것 같았다. 순간 웃음이 터져 나왔다. 청소년기에 자주 꾸곤 했던 악몽이 떠올라서였다. 심지어 지금까지도 난 다양하게 변주된 그 꿈을 종종 꾸곤 한다. 엄마가 잠옷을 입고 부엌에 있다. 아침을 차려놓고 나한테 말한다. 가서 아빠 좀 깨워. 침실에 가 보니 아빠는 고개를 컴퓨터 자판에 처박고 무언가를 읽고 있다. 악어다.

6

테레사 콰드라로 교수와 전화 통화는 할 수 없었지만, 곧장 피에트로에 대한 상세한 내용이 담긴 메일 한 통을 보냈다. 시상식을 빛내줄 그녀의 참석이 얼마나 중요한지에 대해서도 언급했다. 난 할 수 있는 선에서 최대한 예의를 갖췄고, 중간중간에 아버지가 그녀에 관한 이야기를 자주 했으며 상당한 팬이라는 말도 잊지 않았다. 사실 아버지가 나한테 그녀에 대해 이야기했던 기억은 없었다. 아버지는 자랑을 늘어놓길 좋아하는 성격이 아니었으며, 대단한 지인들도 예외는 아니었다. 그러나 어머니는 콰드라로 교수가 TV에 나올 때마다 이런 말을 하곤 했다. 저 여자 보이지, 다 네 아빠 덕이야. 아빠 제자였단다.

그녀의 심기를 건드리는 말을 적지 않았기만을 바라며, 난 메일 전송 버튼을 눌렀다. 며칠 아니 길게는 일주일 정도는 기다려야겠거니 생각했다. 그녀를 살살 구슬리다가 안 되면 달래기가 아닌 퍼붓기로 갈 셈이었고, 정 안 되면 대통령까지 들먹일 참이었다. 반면에 정확하게 12분이 지나서 테레사 콰드라로가 답장을 해 왔다. 몇 마디 안 되었지만, 정확한 문장이었다. 친애하는 엠마, 수십 년 전부터 당신 이름을 들었어요. 당신 아버지가 나한테 당신에 대해 말하기도 했고, 편지를 쓰기도 했어요. 멋진 행사에 날 떠올렸다니 기쁘군요. 당신 아버지의 명예를 위해 기꺼이 행사에 참석하겠습니다. 날짜를 알려주세요. 내용을 요약하자면 그랬다. 별다른 말은 없었다.

프랑키노에게 콰드라로 교수의 답신 메일을 전달했다. 다음으로는 남동생들에게 행사 소식을 알렸다. 남동생들은 둘 다 지구 반대편에서 일하며 가족을 꾸리고 있었다. 행사장에 오지 않으리란 걸 알고 있었지만, 알리지 않았다가는 무슨 원망을 듣게 될지 잘 알고 있었다. 특히나 세르지오가 말이다. 예전에는 에르네스토가 불평꾼이었지만, 시간이 갈수록 순위가 뒤바뀌었다. 남동생들은 바로 나한테 답장을 보냈고, 아버지 일이 잘돼서 기쁘다는 뜻을 전했다. 어쨌든 죄다 유감스럽다는 말뿐이었다. 사는 게 녹록지 않다느니, 사진이랑 영상을 찍어서 보내 달라느니 하는. 그래, 아주 파묻힐 정도로 많이 보내줘야지. 뭐, 들여다볼 시간이야 없을 테지만.

아직 아무것도 모르는 아버지에게 소식을 알릴 시간이 돌아왔다. 내 입으로 직접 전달하기 위해 부모님 집에 찾아가자, 집안일을 거들어 주는 아멜리아가 문을 열어줬다. 어머니는 이틀 후에 14살 생일을 맞는 나디나의 선물을 사러 나갔다. 그나저나 나도 선물을 사야 할 텐데. 아멜리아는 아버지가 늘 머무는 베란다에 있다고 나에게 눈짓했다. 가서 문을 두드렸지만, 조용했다. 문을 살짝 열고 들여다보았지만, 아무도 없었다. 다시 부엌으로 가려다 유리문 너머를 쳐다보았다. 아버지가 불편한 자세로 난간에 기대어 위가 아닌 아래를 내려다보고 있었다. 갈매기나 비둘기들을 구경하는 것이리라. 큰 소리로 아버지를 불렀다. 아빠. 홱 돌아선 아버지가 잔뜩 찌푸린 얼굴로 날 쳐다보며 말했다.

"네 얼굴을 보니 정말 기쁘구나, 지난번에는 피곤해 보이더니만, 이리 와서 아빠한테 뽀뽀해 주렴."

난 아빠에게 입을 맞췄다.

"아빠한테 전할 진짜 멋진 소식이 있어요."

"어디 들어보자꾸나."

"아빠한테 상을 준대요."

"누가 주는 건데."

"이탈리아 공화국의 대통령이요. 아빠랑 다른 선생님 두 분한테요. 아빠가 학교를 위해서 쓰고 행동했던 모든 걸 표창하는 거예요."

"이미 오래전 일이야."

"좋은 기억은 계속 자라나요. 다행이죠."

"그래, 다행이지."

"왜요, 뭐 잘못됐어요? 기쁘지 않아요?"

"기쁘지. 네가 너무 흥분한 것처럼 보여서 좀 그렇단다."

"좋아서 그런 거죠, 걱정하느라 흥분한 건 아니에요. 참, 또 있어요. 대통령께서 아버지에 대한 축사를 들려줄 이름난 제자가 행사에 참여하길 바라세요."

"그래서, 누굴 찾기라도 했니?"

"제자들이야 줄을 섰죠. 아빠도 아시잖아요. 하지만 전 그 중에서도 최고를 찾아냈어요."

"뭔 소리냐."

"아빠 제자 중에 가장 위대한 사람을 찾아냈고 그 사람이 행사장에 오겠다고 했어요."

순간 섬뜩한 일이 벌어졌다. 아버지의 파란 눈에 무언가가 스치고 지나갔다. 경이로움도, 걱정도 아니었다. 뭐랄까, 놀라움과 두려움이 끈적끈적하게 뒤엉킨 꿈틀거림이었다. 아버지의 표정이 나의 가슴을 후려쳤다.

"누구냐," 아버지가 말했다.

지금까지 한 번도 들어본 적 없었던, 정말이지 저질스럽고 공격적인 말투였다. 어렸을 적에도, 심지어 어머니가 아버지의 등을 떠밀며 날 좀 혼내라고 했을 적에도 듣지 못했던 말투였다. 순식간에 기쁨이 싹 달아나 버렸다. 난 터져 나오려는 피눈물을 겨우 참고 훌쩍이며 이렇게 웅얼거렸다.

"테레사 콰드라로요."

세 번째 이야기

1

아버지나 딸이나 거기서 거기였다. 둘 다 글 쓰는 방법이 영 맘에 들지 않았다. 난 미사여구를 동원하거나, 내면의 태도에 대해 묘사하는 그런 식의 글은 좋아하지 않는다. 둘 다 그런 식으로 글을 썼고, 상당히 거슬렸다. 기자 직종에 종사하는 사람들 대개가 그렇듯, 엠마는 자신이 문학 방면에 대단한 소질이 있다고 확신했다. 누구보다도 자신에게 재능을 드러내고 싶어서였는지, 고작 메일 한 통을 쓰면서도 실력을 과시하려 들었다. 반면에 피에트로는 언제나처럼 놀라웠다. 과거에 그는 문학에 대한 열정을 지녔음에도 작가가 되겠다는 야망을 내비쳤던 적이 없었다. 하지만 지난 삼십 년 동안 침묵했던 그는 이제 나에게 두툼한 글 한 편을 보내왔다. 첫 문장부터가 자신이 문학 작품을 썼단 걸 과시하는 듯한 그런 글이었다. 곱게 늙는다는 건 정말이지 어려운 일이다. 그렇게 자기 관리를 잘하는 그도 예외는 아니었다. 사실 분량만 짧았다면 어느 정도 참아줄 수 있는 글이긴 했다. 내가 학생이었던 시절에 그가 가르쳤던 것처럼, 그리고 그가 여태 써왔던 것처럼 소박한 글이었더라면 말이다. 하지만 그는 자신을 억누르기 힘든 듯했다. 여든 살이나 먹어서 자신의 인생을 소설로 써내려 가다니, 당연히 진실이라고 우겨대는 내용에 불과했다. 그가 나에게 가르쳐주었던 바에 따르면, 이야기는 속임수라고 했다. 잘 속이는 사람일수록 이야기를 잘하는 법이라고.

　어쨌든 길다는 것만 빼면, 용서하지 못할 것도 없었다. 230페이지는 너무 심했다. 난 100페이지 정도 읽고 나서 그만뒀다. 그 뒤부터는 청렴한 자신이 정치에 휘말렸던 경험에 대해 지나치게 상세히 쓰고 있었다. 나에게는 지루하기 짝이 없는 내용이었다. 엠마 또한 자신이 쓴 메일에서 본론만 딱 잘라 말하길 어려워했다. 자신은 선하고 정당한 일들이 대접받지 못하는 나라에서 선한 행위를 수호하는 사람이라는 말만 반복했다. 심지어 대통령과 직접적으로 연줄이 닿아 있다는 말까지 내비쳤다. 하여튼지 간에, 그녀의 말로 짐작해 보건대, 계급으로 따지자면 대통령이 아버지보다 한참 아래 있다는 투였다. 그녀가 쓴 문장을 읽어나가다 보니 그녀가 아직 어른들에게 인정받으려는 어린애에 불과하다는 사실을 금세 눈치챌 수 있었다. 그녀의 그런 어린애 같은 면모가 오히려 나에게 호감을 느끼게 했다.

　반면에 피에트로는 절대 호감과는 거리가 멀었다. 그의 글 속에는 내가 비호감을 느낄 수밖에 없는 부분들이 꽤 있었다. 예를 들면, 날 규율이라고는 모르는 망나니로 묘사한 장면이 그랬다. 만일 내가 그가 묘사했던 그런 사람이었다면, 난, 지금, 이곳에, 워싱턴 광장에서 멀지 않은 곳에 있지 못했을 것이다. 아니, 내가 태어난 촌구석에 처박혀 있었을 것이다. 그리고 그의 딸이 나한테 애걸복걸하는 글을 써 보내지도 않았을 것이다.

그게 다가 아니다. 모든 예술과 과학을 우웅, 우워 우워 우워, 해대며 놀려댔던 우리의 장난질을 자기가 발명해 낸 거라고 우기는 것 또한 다분히 유아적인 발상이었다. 그건 엄연히 내가 만들어 냈다. 그때를 생각하면 지금까지도 떠오르는 몇 가지 중 하나다. 우리가 밀라노에서 만났던 장면을 묘사한 부분도 영 거슬렸다. 그 자리에서 그는, 무슨 생각이었는지 모르겠지만, 나를 향해 윤리적인 결혼이라는 말을 입에 올렸다. 우리의 관계를 그런 단어로 규정하고, 이후에도 계속 편지를 써 보냈던 건 내가 아니라 그였다. 나와 연락을 계속하기 위해 자기 멋대로 집착에 가까울 정도로 편지를 보내면서 말이다. 내가 그에게 자주 답장을 보냈다는 것 또한 거짓이었다. 나의 인생을 통틀어 그에게 보냈던 편지는 고작 열 통에 불과했다.

뭐, 어쨌든 잘잘못을 따지는 건 소용없는 일이다. 그런 단계는 이미 오래전에 지났다. 난 그 사람의 별 볼 일 없는 소설 나부랭이에 답변할 만큼 한가한 사람이 아니다. 어쩌다 두뇌가 말랑말랑해져서 그에게 답변한다 해도 고작 몇 줄밖에 쓰지 않을 것이다. 난 로마 변두리 동네의 촌구석 뒷골목에서 태어났고, 이제는 맨해튼에 살고 있다. 난 4대륙을 두루 돌아다니며 격렬하고 운 좋은 인생을 살았다. 내가 하는 일에서

점차 두각을 나타냈고, 이제 확실한 성공을 즐기고 있다. 난 뛰어난 지능을 지닌 사람들을 만났고, 나 또한 뛰어난 지능을 발휘해, 그들과 뛰어날 정도로 지능적인 관계를 맺었다. 그러나 피에트로 발레, 나의 변두리 고등학교 선생님, 그는 내가 사랑했고, 여전히 사랑하는 단 한 사람이었다.

2

엠마의 편지에서 쓸데없는 말들을 다 걸어내고 핵심만 말한다면, 이탈리아 정부가 피에트로에게 상을 수여하려 하고 있으며, 그가 수상하기 위해서는 내가 로마에 가서 그가 좋은 스승이었다는 사실을 증명해 주어야만 한다는 것이었다. 난 지병을 앓고 있는 일흔의 노부인이다. 사는 게 만만치 않은 이 도시에서 안락한 생활과 유명 인사들과의 친분 덕에 그나마 내 삶을 지탱해 나가고 있다.

매일 아침, 난 아치를 지나 워싱턴 광장으로 향한다. 피오렐로 호위병에게 바치는 기념물에서 가까운 빵집에 가서 카푸치노를 마신다. 알바니아 출신 종업원이 카푸치노를 제대로 만들 줄 아는 곳이다. 일주일에 두 번씩 치타렐라 6호점에 가서 생선, 할라[1], 오렌지 주스를 산다. 난 나뭇잎이 떨어지고, 분수에 물이 메마른 겨울 풍경을 좋아한다. 깜빡이는

1 유대인들의 안식일 빵.

꼬마전구에 불이 들어오는 시간이면 나타나는 대담한 곡예사들도 봐줄 만하다. 봄이 되면 나뭇가지들이 파릇파릇해지고, 꽃봉오리들이 터지기 시작한다. 이따금 벤치에 앉아 햇빛을 받으며 〈뉴욕 타임즈〉를 뒤적거리기도 한다. 주위를 둘러보면 나처럼 뼈가 약해지고 추위를 타는 노인네들이 꽤 눈에 띈다.

얼마 전까지만 해도 난 동네 사람들과 관광객들 사이에서 공원을 산책하길 즐겼다. 공원 안에서 보라색 테두리의 가운을 입은 남녀 대학생들, 자녀들의 졸업식을 축하하러 미국 방방곡곡에서 몰려온 정신 사나운 부모들을 본 적도 있었다. 하지만 최근 들어 대퇴골이 부러지는 바람에 장시간에 걸친 수술과 고가의 비용이 드는 재활 치료를 받아야만 했다. 산책을 줄여야 했기에 주로 일요일 오후에만 산책하러 나간다. 가리발디 기념물 밑에서 색소폰을 부는 남자의 연주를 듣는다. 스케이트보드를 타고 지나가다가 위험천만하게 날 들이받으려는 청소년들과 시비가 붙는 일도 종종 있다. 관광객들더러 피아노 밑에 드러누우라고 청하는 연주자의 주위를 맴돌기도 한다. 피아노 옆면에는 이런 말이 적혀 있다. '이 기계는 파시스트들을 죽입니다.' 우디 구트리[2] 시절에도 꺼렸던 그야말로 끔찍한 말이다. 정말이지 혼자라고 느껴질 때면, 남자 사람 친구와 극장에 가거나 저녁을 먹으러 간다. 손

2 Woody Guthrie: 밥 딜런에게 영향을 준 미국의 민중가요 가수.

님들이 큰 소리로 떠들지 않고, 나이 들고 예의 바른 남자들이 날 유물처럼 떠받들며 지켜주는 식당들이 몇 군데 있다.

그런 것들이야말로 내가 노년을 쉽사리 보낼 수 있는 의식들이다. 보시다시피, 이탈리아는 명단에 없다. 로마도 없고, 내가 태어난 시골 동네도 없다. 나른한 장소들, 너무도 잘 알고 있지만, 딱히 뭐라 정의할 수 없는 장소들. 이른 아침, 아직 잠이 덜 깨었을 때만 아주 익숙한, 그 뒤로는 현실적인 지리로부터 동떨어진 그런 장소들이다. 유독 한 장소만이 나의 기억에 선명하다. 계단을 오르자마자 오른편 첫 번째에 있었던 고등학교 1학년 교실. 어느 날 아침 피에트로가 교실 안으로 들어와 책이 잔뜩 든 천 가방을 교단 위에 내려놓았다. 그 사람은, 아마도, 스물여섯이었거나, 아니면 그보다 어렸을 수도 있었다. 그 순간부터 난 그가 날 알아보도록 하는데 온 힘을 기울였고, 그는 날 무시하기 위해 할 수 있는 온갖 방법들을 동원했다. 고등학교 시절 3년을 보내는 동안 난 모든 오후와 밤, 일요일, 국경일, 여름 방학마다 어떻게 하면 효율적으로 죽을 수 있을까 하는 생각만 했다. 학교가 개학하고, 그가 늘 정시에 교실 안에 나타날 때만 내가 살아있다고 느꼈고, 날 둘러싼 모든 세상이 살아 움직였다. 그는 자리에 앉았고, 자리에서 일어났고, 벽에 기댔고, 창가에 다가갔다. 힘찬 목소리로 주지시키며 온갖 사물들, 사람, 장소, 동사, 형용사, 부사의 명칭을 부를 때마다 손가락으로 분필, 칠판, 책상

들을 스쳤다. 그는 단 한 번도 우릴 건드린 적이 없었다. 친밀함을 표시하는 행동, 장난으로 손을 잡는다거나, 팔로 어깨를 감싼다거나 하는 행동도 하지 않았다. 대신 말을 사용해 우리들을 깊숙이 건드렸다. 특히나 그에게 뻔뻔스러운 말대꾸를 일삼았던 난 학교를 나설 때면 기운이 쪽 빠져 있었다.

한 번은 그가 가르쳤던 다른 반 선배 학생 하나가 몹시 화를 내며 복도에서 그 사람을 욕하는 소리를 들었다. 수업이 끝난 뒤에 난 그 선배와 함께 집으로 가며 대화를 나눴다. 선배는 좀처럼 마음을 진정시키지 못하는 듯했다. 무엇보다 자신이 왜 그리 화가 났는지 확실히 알 수 없었기 때문이었다. 그저 같은 말만 계속 반복했다. 지나쳐, 너무하다고, 그는 피에트로의 수업이 너무 과중해서 너무 공부할 게 많다는 말을 한 것이었다. 우리들의 선생님은 선생님이라고 하기에는 지나치게 유창한 동시에 열심인, 한마디로 재수 없는 인간이었다. 사실 그의 말이 틀린 건 아니었다. 그의 수업을 제대로 들으려면 공부를 열심히, 과할 정도로 열심히 해야만 했다. 우리에게 손짓으로 인사할 때, 교실 문을 나설 때, 우리끼리 있을 때조차 그의 존재가 우릴 추격해 오는 것만 같았다. 그러므로 과하다는 말은 거짓이 아니었다. 난—다른 학생들 그리고 그 선배와 마찬가지로—도망치려고 발버둥쳤던 반면 부담스러울 정도의 무게감을 갈망하기도 했다.

난 학기가 시작된 첫날부터 그와 맞붙었다. 나 자신을 엉망으로 만들면서까지 그와의 싸움에 모든 걸 쏟아붓고 싶었고, 그 또한 그랬으면 했다. 그의 수업을 방해하고, 질문을 해대고, 그의 대답을 비꼬았다. 소용없는 일이었다. 피에트로는 눈 하나 깜짝하지 않았다. 그는 나의 모든 도발을 자신이 완벽해지기 위한 수단으로 여기는 듯했다. 정말이지 그랬다. 내가 그를 어려움에 빠뜨릴지라도 그는 늘 최선을 다했다. 나에게 딱 맞는 답변을 찾기 위해 그의 육체가 몸부림치는 모습을 보고 느끼며 난 짜릿한 기분을 맛보았다. 당시에 난 그런 식으로 일하는 선생님을 본 적이 없었다. 자신의 영혼을 불사르면서까지 말이다. 그런 그의 모습이 날 놀라게 했다. 하긴, 모름지기 좋은 선생이 하는 일이란 그런 게 아니던가? 이탈리아에 대한 추억은 없지만, 로마 변두리에서 보냈던 그 3년 동안의 추억만큼은 확실하게 남아 있다. 피에트로가 나의 국어 선생이었던 그 시절 말이다. 내가 엠마에게 즉시 답장을 보냈던 이유는 그런 감정 때문이었다. 좋아요, 지루한 여행을 수락하겠어요, 당신 아버지를 위해서. 그러나 메일을 전송하자마자, 또 다른 장소가 나의 뇌리를 스쳤다. 매일 아침, 내가 걸어 다녔던 광장에서 학교까지 다다르는 먼 길이었다. 나지막한 집들, 판잣집들이 모여있는 벌판, 풀밭 사이사이에 보이는 회색빛 오두막들과 아무렇게나 버려진 자동차들.

그 길이 내 눈에 선했다. 11월이었고, 추운 날씨에 비가 내리고 있었다. 자동차 한 대가 속도를 늦추더니, 창문이 열렸다. 보기만 해도 무서운 새로 온 선생님이었다. 날 보더니 그가 딱 한 마디 했다. 타. 그의 얼굴을 보자 두려움이 밀려왔다. 난 분노에 찬 말투로 대답했다. 싫어요. 그가 시키먼 눈썹을 실룩거렸다. 내 얼굴에 쓰인 공포 때문에 겁을 먹은 것 같았다. 그리고 아무 말도 없이 다시 출발했다. 난 멀어져가는 그의 소형차를 노려보았다. 나의 외면과 내면에서 무언가가 깨져버린 기분이었다.

3

엠마가 또 다른 장문의 메일을 보내왔다. 조직의 기계장치가 가동되었고, 내가 원하는 요구 사항은 뭐든 들어주겠다는 세부적인 내용이었다. 그리고 드디어 서론을 벗어나 말문을 열었다. 아버지가 나의 수락을 매우 기뻐하고 있으며, 내가 얼마나 뛰어난 학생이었는지에 대해 자기에게 대략 이야기했노라고 했다. 반면에 그는 우리의 관계에 대해서는 딸에게 입을 다물었다. 그 이야기를 한 건 그녀의 어머니였다. 바로 어제, 아주 간략하게 말이다. 그녀의 글을 읽으며 난 실소를 터뜨릴 수밖에 없었다. 나디아는 이렇게 말했다. 그치, 최고의 학생이 공부 말고 다른 방면에도 뛰어났었나 보지. 그 부분에서부터 그녀는 자신의 얽히고설킨 남자관계에 관한 이야기를 늘어놓기 시작했다. 그녀의 목표는 자신의 불행한 스토리와 나와 아버지와의 관계를 연관지으려는 것이었다. 전운이 없었어요, 그녀는 이렇게 썼다, 전 남편들과도, 예전 애인들과도 친구로 남지 못했죠. 남은 건 분노밖에 없어요. 내가 피에트로와 좋은 관계를 유지하길 바란다면서, 자기 아버지를 칭찬하는데 무려 20줄이나 할애했다. 선생님으로서, 지성인으로서, 인간으로서, 마치 나의 연설문을 대신 작성해 주려는 듯했다. 행사에 맞춰 휴가를 낼 예정이며, 어서 빨리 날 만나고 싶다는 말로 그녀는 글을 마무리했다.

그녀의 메일이 내 신경을 긁어놓았다. 처음에는 아버지의 소설과 딸의 초대가 둘의 합작품인 줄로만 알았다. 우리의 관계에 훈훈한 결말을 만들어 내기 위해 피에트로가 지휘하는 오케스트라 말이다. 반면에 난 지금 엠마가 부모의 동의 없이 이 모든 장치를 고안해 냈다는 사실을 알게 되었다. 몇 줄만 읽어보아도 나디아가 나의 재등장을 반기지 않으며, 피에트로는 늘 그렇듯 나의 돌발적인 행동을 걱정하고 있는 게 분명했다. 그렇다면 내가 대체 무슨 낙으로 로마까지 가야 한단 말인가?

난 머리를 식히기 위해 산책을 나섰다. 5월은 늙은이들의 적이었다. 하루는 덥고, 하루는 추웠다. 다행히 오늘 저녁은 날씨가 온화했다. 아직 해가 떨어지지 않았지만, 꼬마전구가 깜빡거리기 시작했다. 잠시 걸음을 멈추고 체스를 두는 테이블 주위를 어슬렁거리는 건달들과 몇 마디를 나눴다. 꽃과 대마초의 향기를 들이마시며 거리를 산책했다. 흰 물줄기를 뿜어내는 분수 가까이 다가가자, 밴드의 연주 소리와 함께 남자애들이 신이 나서 분수에 뛰어들고 있었고, 여자애들은 유혹적인 포즈로 사진을 찍고 있었다. 대학 출입문 옆에 놓여 있는 뜨거운 철판 위에서 숙식하면서 폴록[3] 풍의 그림을 그리는 사람한테도 찾아가 보았다. 하지만 마음을 진정시킬 수 없었다. 50여 년 가까이 지난 지금에 와서, 난 피에트로를 만나러 다시금 로마에 가려는 참이다. 고등학교를 졸업하고 나서 난 다음과 같이 선언하기 위해 학교 앞에서 그를 기다렸었다. 3년 동안 당신을 사랑했고, 또다시 당신을 사랑하고 싶어. 당시 난 그의 얼굴에 대고 그렇게 말했다. 방금까지 존댓말을 썼지만, 반말을 들이대면서 말이다. 그게 전부가 아니었다. 그의 입술에 입을 맞췄다. 그는 충격을 받았던지, 방어하려는 것처럼 왼손으로 얼른 입을 가렸다.

그날 우린 학교 근처 카페에 갔다. 뭘 주문했는지는 기억나지 않지만, 나의 학업에 관한 대화를 나눴다. 피에트로가 계산을 마치고, 카페를 나오던 길에 난 그에게 사랑한다고 말하며 입을 맞췄다. 50년 전에 내가 무슨 생각으로 그랬는지 모르겠다. 그는 지키지도 못할 약속이 몸에 밴 경솔한 남자였다. 그럼에도 그 젊은 남자는 아는 게 많았고, 말 한마디 한

---

3 잭슨 폴록(1912—1956) 추상표현주의 액션페인팅의 대표 작가.

마디에 힘이 넘쳤으며, 우리와 자신 사이에 감히 넘볼 수 없는, 그러나 모두가 넘보고 싶어 했던 신사적인 거리를 유지했다. 그렇게 그는 우리 모두의 마음을 사로잡았다. 이제 난 가뿐히 그 거리를 뛰어넘었지만, 그 교실 안에서 받았던 것들을 다시금 받고 싶은 심정이다. 이제 나 자신 외에는 누구도 나에게 줄 수 없는 것들을 말이다. 어쩌면 그는 내가 사랑을 고백하기 직전에, 내가 그에게 입 맞추기 직전에, 이미 알고 있었는지도 모른다. 난 많은 것들을, 아주 많은 것들을 원했다. 내가 원했던 건 단지 섹스가 아니었다. 날이면 날마다 교실에 등장했던 초강력 우라늄 같은 이상적인 인간을 원했다. 하지만 그런 이상형은 존재하지 않았다. 아니, 어쩌면 그가 잘 숨겨왔던 것일 수도 있었다.

한술 더 떠서 그는 다른 여자들을 찝쩍거리기 시작했다. 내 인생을 통틀어서 그 사람만큼 광적으로 여자들한테 집착하는 남자를 만났던 적이 없었다. 진정한 자유를 누린다는 의미가 성적인 자유와 직결되던 그런 시절이었다. 그는 날 두고 바람을 피웠고, 나도 그가 보는 앞에서 더 심하게 맞바람을 피웠다. 우린 서로를 수치스럽게 여겼고, 서로의 감정을 자극했다. 우리가 함께 지냈던 3년 동안 기쁜 일들도 많았지만, 내가 기대했던 바에는 미치지 못했다. 우린 서로의 수많은 고통을 모른 체 했으며, 변변찮은 중산층의 범주에 우리 자신을 가뒀다. 서로에게 몸서리치며 헤어졌다가 사나운 탐

욕에 사로잡혀 서로를 다시 잡아챘던 게 대체 몇 번이었던지 기억나지 않을 정도다. 내가 그에게 그 제안을 했을 때까지 말이다. 우리의 가장 심한 치부를 털어놔 보자. 여태 우리가 털어놓았던 것들보다 더 심한, 아주 더 심한 것들을 서로에게 털어놔 보자.

그에게 그런 제안을 했을 적에, 난 당연히 그를 떠나리라는 사실을 알고 있었다. 나도 더는 힘들었다. 젊은 시절에는 누구나 멍청한 짓을 하기 마련이고, 보통 사람들 같으면 추억일지라도 그 시절의 흔적을 남기고 싶어 하지 않는다. 반면에 피에트로는 그 시절의 흔적을 남기고자 했다. 나한테 써 보낸 글을 읽어보니 알 수 있었다. 그는 하찮은 소설 초반에서 이메일을 쓸 때처럼 무언가를 감추려고 했지만, 나중으로 갈수록 펜을 마구 휘두르기 시작했다. 지금까지도 난 그처럼 생명력이 넘쳐나고, 변덕이 죽 끓듯 하는 남자를 본 적이 없었다. 지나쳤고, 선을 넘었고, 자신에게 거치적거리지 않는 선에서 날 이용하려 들었다. 어쨌거나 우리 둘이 떨어져서 지냈더라면, 서로에게 좋은 영향을 끼쳤을 거란 건 분명했다. 그러나 그마저도 확실치 않았다. 확실한 건 아무것도 없었다. 한번은 그가 자기 일 이야기를 하면서 씁쓸한 기분으로 이런 말을 써 보냈던 적이 있었다. 공부를 많이 하고 학식이 높아질수록 하이드가 되긴 쉬워, 지킬이 되긴 어렵지.

4

결국 난 로마에 와 있다. 뉴욕이 추위와 더위를 오락가락한다면 로마는 그냥 춥다. 어쨌거나 이 도시 역시 지저분하기는 마찬가지여서 좀처럼 마음이 놓이지 않는다. 걸음을 뗄 때마다 넘어지지 않을까 걱정스럽다. 나무에 부딪힌다든지, 인도 아래로 떨어진다든지 해서 뼈가 부러지지 않을까, 병원에 실려 가지 않을까 심히 걱정스럽다.

조금 전에 엠마를 만나서 일 처리를 끝냈다. 아버지를 닮았더라면 좋았을 것을, 불행하게도 그녀는 어머니를 쏙 빼닮았다. 피에트로한테서 물려받은 건 눈곱만치도 없었다. 그나마 교육 정도겠지. 그녀와 대화를 나누는 동안 난 우리가 두 명의 제자라는 생각을 했다. 우리 둘을 세밀하게 검증해 본다면, 공통적인 사고와 말투의 잔재를 찾아낼 수도 있을 것이다.

어쨌든 엠마와 나의 다른 점 하나만큼은 확실했다. 엠마는 거의 항상 도가 지나쳤다. 내일 수상식에서 나의 발언에 대한 문제만 해도 그랬다. 정말이지 골치 아프게 굴었다. 그녀는 날 보자마자 대뜸 축사의 원고를 넘겨달라고 했다. 난 그녀에게 잘 모르겠다는 대답만 했다. 구구절절 해명할 생각은 추호도 없었다. 그러자 그녀는 자신이 일하는 신문사에서 나의 축사를 기사화하고 싶어 한다는 핑계를 대며 고집을 부렸다. 난 원고도 없고, 초안도 없노라고 대답했다. 그냥 그 자리에서 즉흥적으로 말하겠노라고.

그녀는 몹시 기분이 상한 듯했다. 늘 해왔던 수법으로 날 자기 손아귀에 넣고 마음대로 주무르려 했을 것이다. 결국 자기 꾀에 걸려 넘어지는 바람에 나한테 속내를 털어놓았지만 말이다. 그녀는 이렇게 말했다. 저희 아버지가 너무 흥분하셔서 그래요. 축사 내용을 알면 좀 진정하실 것 같아요. 우리 아버지, 우리 아버지, 대체 몇 번씩이나 그 말을 하는 건지, 도대체가 왜 다들 정신을 못 차리고 그 남자를 사랑하는 거냐고, 심지어 자식들까지.—진절머리가 난다고밖에 표현할 길이 없다— 자식들이란 언제나 부모에 대한 약간의 증오를 키워나가는 게 상식 아닌가? 난 그녀에게 말했다. 당신 아버지는 수년 동안 그래왔던 것처럼 날 신뢰할 거예요. 그녀가 듣고 싶어 했던 정확한 대답이었다. 그녀의 표정이 밝아졌다. 내 눈에는 거의 감동한 듯이 보였다. 그녀가 큰 소리로 말했다. 아빠랑 통화해야겠어요. 교수님이 직접 말씀해 주실래요? 내가 말했다. 아니요, 내일 이야기하겠어요.

침대에 누워서 오래전에 그와 나눴던 은밀한 속삭임을 떠올려 보았다. 하루를 마무리하는 이 시점에서 난 그에게 이렇게 말할 수 있을 것이다. 실험은 성공적이야. 인생은 끝났고, 우린 무사해. 그를 놀리며 이런 말을 덧붙일 수도 있을 것이다. 우릴 나아지게 만드는 건 유능한 교육이 아니라 공포의 교육이야.

마지막 문장이 머릿속에서 맴돌았다. 우린 둘 다 악한 행실이 우릴 뒤쫓아와서 영원히 우릴 사로잡을까 봐 걱정했었다. 하지만 돌이켜 생각해 보니 그날 내가 그에게 무슨 고백을 했었는지조차 기억이 가물가물하다. 놀랍게도 그가 나에게 고백했던 내용조차 잘 기억나지 않는다. 분명 끔찍한 일들이었겠지만, 잊지 못할 정도로 끔찍한 건 아니었다. 이후로도 난 또 다른 끔찍한 일들을 보고 느꼈다. 심지어 우린 내일 서로를 맘에 들어 할 수도 있다. 시상식이 끝나고 다시 만나서, 예전에 우리가 얼마나 서로를 망가뜨렸는지 이야기를 나눌 수도 있다.

그리 나쁘지 않다는 생각이 들자, 피에트로와 함께 지냈던 시절에 아주 가끔 찾아왔던 순간들이 떠올랐다. 지난날에는 생각조차 하고 싶지 않았던 아주 짧은 순간들. 우리가 다투던 장면들은 아니었다. 싸움이 벌어질 때면 종종 우린 살벌한 폭력을 쓰기까지 했으니 말이다. 아니, 그보다는 오히려 아름다운 순간들이었다. 그의 얼굴은 무언가에 몰두하는 듯했고, 입은 반쯤 벌어져 있었고, 눈은 보이지 않는 무언가를 응시하는 듯했다. 손가락으로는 머리카락을 어루만지고 있었다. 난 그가 참아내기 힘든 신경 발작 비슷한 증상을 겪고 있으며, 이겨내려고 애쓰고 있다는 걸 알아차렸다. 두려움에 찬 눈길로 그를 쳐다보며 뒤로 물러섰다. 하지만 그는 멈추지 않았다. 무언가가 보인다는 듯이 계속 눈앞을 주시했다. 이따금 난 그에게 묻기도 했다. 피에트로, 뭐야, 왜 그래? 그가 나에게 흔쾌히, 그러나 조소하는 투로 대답을 내뱉었다. 원초적인 불안감이야, 그가 말했다. 난 여섯 형제 중에 맏이거든, 가난한 집안에, 우리 아버지는 전기 기사였고, 어머니는 주부였지. 능력치가 안 된다는 불안감에 시달렸어. 초등학교부터 대학 졸업장을 딸 때까지 난 내가 잘났다고 느꼈던 적이 한 번도 없었어. 내가 맡은 역할들을 제대로 해내지 못하고, 존재감 없이 아이들을 가르치고 있다는 불안감, 난 지성적인 직업의 수준을 심하게 떨어뜨리는 축에 속했어. 조화로운 눈코입, 잘난 외모에 대한 불안감도 있었지. 아름다움은 잘못을 무마시키는 제일 쉬운 변명일 테니까. 그는 자신의 말솜씨 속에 감춰져 있던 폭력성에 대한 불안함 또한 있노라고 말했다. 그는 매번 자신의 아픔과 관련된 사회적이고 윤리적인 근거를 제시하곤 했다. 그럼에도 아주 가끔은 정말이지 무언가에 사로잡혀 빠져나오지 못하는 듯했다. 그토록 끔찍한 순간에는 내 목소리조차 듣지 못했다. 그는 자신을 가둬버리는 아픔을 겪고 있었다. 그로 인해 자신을 관찰했고, 심히 아파했다. 그럴 때면 아무리 그의 이름을 불러도 소용없었다.

그를 아주 많이 사랑했고, 살려내고 싶었고, 구해내고 싶었지만, 되살릴 수 없었다. 그런 순간에는 이마를 찡그리며 윗 입술을 처절하게 실룩거리는 모습이 마치 틱 장애를 지닌 사람 같았다. 그의 일그러진 얼굴이 날 겁먹게 했다. 도망쳐야만 했다. 안 돼, 내가 내일 무슨 말을 내뱉게 될지, 나도 모르겠다. 피에트로는 매우 위험한 남자였다.

5

일이 제대로 풀리지 않고 있다. 엠마는 정시에 도착했고, 나디아도 그에 질세라 시간을 딱 맞춰왔다. 난 그녀를 딱 한 번 본 적이 있었다. 먼발치에서 바라본 그녀는 정말이지 아름다웠다. 가슴이 쓰라렸다. 그때만 해도 질투심이란 게 있던 시절이었다. 하지만, 오늘 그녀의 모습을 보고 있자니 쌤통이란 생각이 절로 들었다. 그녀는 나처럼 지병이 있어 보이지는 않았지만, 과체중에 추하게 늙은 할망구가 되어 있었다. 난 그녀의 기분이 몹시 불쾌하다는 걸 알면서도 모른척했다. 당연한 일이었다. 행사장의 관심은 온통 나에게로 쏠렸고, 대통령은 날 월계관이라도 갖다 바쳐야 할 기념비적인 인물로 대접해 주었다. 난 수많은 이들의 삶에, 그리고 누구보다 그녀의 남편에게 커다란 영향을 끼쳤다. 반면에 그녀는 고작 은퇴한 고등학교 선생이었다. 평생 한 맺힌 불평이나 늘어놓으며 살아왔고, 무엇보다 자신이 사랑하는 남자를 전혀 다스리지 못했다.

"피에트로가 말이죠." 그녀가 말했다.

"수상 소감을 연습해야 하니 나더러 먼저 가 있으라고 했어요."

"늙긴 늙었나 보네." 내가 대꾸했다.

"피에트로가 언변이 딸리는 걸 한 번도 본 적이 없어서요."

어머니와 딸은 가족들이 참석한 자리에서 내가 으스대는 꼴을 못마땅해했다. 나 또한 그 여자들이 못마땅하긴 마찬가지였다. 우린 차츰 이빨을 드러내며 서로의 속을 긁어놓았다.

한 시간이 지났다. 피에트로는 나타나지 않았다. 두 여자가 약간의 시간차를 두고, 번갈아 가며 전화하기 시작했지만, 그는 받지 않았다. 나디아가 말했다. 설마 마지막 순간에 안 오기로 결심한 건 아니겠지. 그 사람은 이번 정부를 혐오해요. TV에 정치인들이 나오면 그런답니다, 내가 저 막돼먹은 인간들을 가르쳤을 수도 있다니. 내가 코웃음을 치며 말했다. 전화 받거든 날 바꿔 주세요. 내가 직접 얘기해 볼게요. 그녀의 눈빛에 분노가 스치며, 혼잣말하듯 중얼거렸다. 집에 가서 억지로라도 끌고 와야겠어. 그리고 씩씩거리며 출구를 향해 갔다. 두어 명이 그녀 곁에 다가와서 물었다. 선생님은 오셨나요? 엠마가 어머니를 뒤따라가면서 새파랗게 질린 얼굴로 나에게 말했다. 당신과 아빠 사이에 문제나 먼저 해결하시죠. 난 또다시 웃을 수밖에 없었다. 전혀 웃을 얘기가 아님에도 흘러나오는 웃음을 참을 수 없을 때가 있다. 그럴 때면 난 그냥 계속 웃기만 한다. 그녀에게 대답했다. 우리 사이는 당신 머리털이 나기 전에 이미 깨끗이 정리됐어요.

난 지금 이곳에, 제일 앞줄에, 잔뜩 뿔난 대통령 바로 옆자리에 앉아있다. 피에트로는 보나마나 오지 않을 것이고, 난 그를 볼 수 없을 것이다. 아쉽군, 병적인 색깔들로 꾸며놓은 이 방 안에서, 나의 옛 스승 면전에 대고 무슨 말을 할지 이제야 감이 왔는데. 난 그보다 훨씬 위험했으며, 여전히 그렇다.

옮긴이의 말

우선 자랑거리를 늘어놓고 싶다. 〈은밀한 속삭임〉의 영어판 〈TRUST〉의 번역을 작가 줌파 라히리가 맡았다는 것, 2024년 4월에 이탈리아에서 소설을 영화화한 〈Confidenza〉가 개봉되었으며, 라디오 헤드의 수장이었던 톰 요크가 영화 음악을 담당했다는 것, 개인적으로 정말 좋아하는 두 사람의 이름만으로도 번역하는 내내 뿌듯했다.

누구나 하는 사랑이라지만, 우리의 주인공 피에트로에게는 사랑이 절대 만만치 않다. 한때 자신이 가르쳤던, 나이는 훨씬 어리지만 천재적인 동거녀와는 나락으로 치달았고, 세상 얌전했던 아내는 시간이 지날수록 세상 무서울 게 없는 여자로 변해간다. 그의 표현에 따르면 아내가 명령을 내리다시피 해서 낳은 아이 셋은 어느 순간 옷장, 바위, 고층 건물 같은 무거운 짐이 되어 버린다. 그와 그녀들의 관계는 시간이 지날수록 성숙해지기는 고사하고, 상처를 주고받다가 결국 곪아 터질 지경이다. 도메니코 스타르노네는 그들을 둘러싸고 벌어지는 이야기들을 특유의 예리하고 감각적인 문장들로 생생하게 재현해 낸다. 사랑을 해 본 사람이라면 누구나 '이건 내 이야기잖아'라고 할 만한 부분들이 수두룩하다. 페이지가 술술 넘어가는 한편, 뾰족한 가시처럼 정곡을 찌르는 지점들도 없지 않다.

〈은밀한 속삭임〉은 관계에 관한 매혹적인 이야기다. 주축을 이루는 남녀 관계를 비롯해 스승과 제자, 부모와 자식, 동료, 친구 등등 다양한 형태의 관계들이 씨실과 날실처럼 촘촘하게 엮이며 갖가지 무늬들을 자아낸다. 주인공 피에트로와 다른 사람들과의 관계, 특히 여자들과의 관계는 좀처럼 제대로 굴러가는 법이 없다. 뒤틀리고, 삐걱거리고, 막무가내고, 제멋대로다. 일상에서 무심코 넘기는 것들, 사소한 말 한마디, 시시콜콜한 오해, 우연찮은 계기들이 모여 관계에 금이 가고, 틈이 벌어지고, 결국 무너지게 만든다.

'그녀가 나에게 최종적으로 암시하고자 했던 건 무엇이었을까? 우리가 서로에게 고백했던 일들을 기반으로, 나는 물론이고 그녀도 언제든 나쁜 사람 취급을 받을 수 있단 말을 하고 싶었던 걸까? 하지만 우리의 삶의 종적은 그와는 반대임을 증명해 주고 있었다. 우린, 이토록 나쁜 세상을 살아가는 좋은 사람들이었다. 우리 외에 좋은 사람들과 다른 점이 있다면, 우린 나쁜 사람이 되는 법을 터득했다는 사실이었다.'

소설의 주인공 피에트로는 로마 변두리의 고등학교 국어

선생님으로, 얼떨결에 작가의 세계에 발을 들여놓게 되는 인물이다. 한때 자신이 가르쳤던 학생이었다가, 동거하는 연인 사이가 된 테레사와의 치명적인 고백 때문에 평생 가슴을 졸이며 살아가게 된다. 두 남녀의 '은밀한 속삭임'이 소설 전반에 옅은 그늘을 드리우며 묘한 긴장감을 불러일으킨다.

이탈리아 제목 〈Confidenza〉는 사전상으로 신뢰라고 풀이되지만, 원제의 느낌을 제대로 살리지 못할 거란 생각에 편집자님과 의논하여 〈은밀한 속삭임〉이라는 제목을 붙이기로 했다.

> '그렇게 난 내가 원하는 나와—완벽한 나를 말한다—현실에 굴복하고 순응하는 나 사이에 자리잡은 불균형에 차츰 익숙해졌다. 그 결과, 복종과 비판이 이어졌고, 난 미소를 띠고 자책하며 가볍게 웃어넘기는 법을 배워나갔다.'

피에트로와 다른 사람들과의 관계 못지않게 인상적인 건 그가 자신과의 관계를 정립해 나가는 과정이다. 모든 관계의 발단이자 핵심은 결국 자신과의 관계가 아니던가. 한 남자의 인생에서 가장 왕성한 시기라 할 수 있는 20대 후반부터 40대까지가 주를 이루는 이야기 속에서 그는 자신과의 관계가 영 못마땅하다. 불운했던 어린 시절부터 시작된 불만족이 성장한 뒤에도 꼬리표처럼 내내 자신을 따라다닌다. 현실에서의 자신과 이상적인 자신 사이의 간극을 메우기 위해 고민하고 발버둥치는 피에트로의 고군분투가 마치 다 큰 남자의 성장기를 들여다보는 듯하다.

 '아버지가 우리 여자들 전부를 한 명도 빠짐없이, 제일 어린애부터 노인네까지 꼼꼼하게 챙기는 모습을 보며, 난 처음으로 어머니가 아버지에게 속아 넘어갔을 거라는 생각이 들었다. 아버지는 분명 어머니를 두고 바람을 피웠을 것이다. 아주 은밀하게, 매우 품격 있는 방식으로, 심지어 지속적인 외도였을 것이다.'

  마지막으로, 액자 속 액자의 형식을 띠며 이어지는 두 번째, 세 번째 이야기 또한 의외의 재미를 선사하는 노련한 장치라고 할 수 있다. 잡지를 뜯어보니 별책부록이 들어있는 기분이랄까. 다른 사람의 시선으로 주인공 피에트로를 바라보는 이야기 또한 매우 흥미진진하다. 부디 책장을 덮지 말고 끝까지 읽어주시길.
  드디어 자신이 원했던 모습과 일치하게 되었노라고 확신에 찼던 우리의 주인공 피에트로는 결국 자신에게 되묻는다. 본래의 나와 잘 감춰진 나, 어떤 게 진실일까? 과연 진실이라는 게 있기는 한 걸까?
  여러분이 생각하는 그의 진실은 무엇일지 문득 궁금해진다.

은밀한 속삭임

1판 1쇄 찍음 2024년 12월 30일

지은이	도메니코 스타르노네
옮긴이	나윤덕
편집	김효진
교열	이수정
디자인	최주호
제작	재영 P&B
인쇄	천일문화사
펴낸곳	마르코폴로
등록	제2021-000005호
주소	세종시 다솜1로9
이메일	laissez@gmail.com
페이스북	www.facebook.com/marco.polo.livre

ISBN   979-11-92667-75-1 03880